L'égaré de Saint-Mathieu

ANNE-SOLEN KERBRAT

L'égaré de Saint-Mathieu

ÉDITIONS DU PALÉMON
ZI de Kernevez - 11B rue Röntgen - 29000 QUIMPER

DU MÊME AUTEUR

n°1 - Dernier tour de manège à Cergy

n°2 - Mi amor à Rochefort

n°3 - Jour maudit à l'Île-Tudy

n°4 - Bordeaux voit rouge

n°5 - Saint-Quay s'inquiète

n°6 - Cure fatale à Nantes

n°7 - Par-delà les grilles

n°8 - Là où tout a commencé

n°9 - Évaporé

n°10 - Un simple grain de sable

n°11 - À leur corps défendant

n°12 - Le tableau de Maï

n°13 - L'archipel des secrets

n°14 - L'égaré de Saint-Mathieu

Retrouvez ces ouvrages sur www.palemon.fr.

PROLOGUE

Un silence envahit soudain l'espace, comme si des boules Quies avaient été glissées à son insu au fond de ses oreilles. L'impression étrange de se retrouver dans une bulle de ouate qui l'isolerait des bruits extérieurs, une pièce aux murs capitonnés coupée du monde. Il prend brutalement conscience que ce silence est factice, qu'il n'est que la conséquence du bruit insoutenable qui vient de le rendre sourd. Une déflagration telle que tous ses sens paraissent soudain anesthésiés.

1

Vingt-quatre heures plus tôt

Un nuage vient de masquer le pâle soleil d'hiver perçant à travers les fenêtres protégées par des barreaux, donnant l'impression que le crépuscule est proche. Pourtant, il est à peine huit heures du matin et la réunion ne fait que commencer dans la salle éclairée d'un bandeau néon blafard. Jean-Louis Perrot, nommé commissaire central adjoint à la sécurité publique du commissariat de Quimper depuis septembre, préside exceptionnellement.

— Bien, fait-il en venant croiser les mains derrière la nuque, quelque chose à signaler de votre côté ?

Le lieutenant Plessix opine en esquissant un geste vague, d'une main anormalement longue pour un corps de taille moyenne.

— On a ramassé en milieu de nuit un type qui errait côté Saint Mathieu, un vieux monsieur qui paraissait perdu…

— Un migrant ? demande le commissaire en haussant involontairement une épaule fataliste.

— Non, un gars émigré dans sa tête plutôt, ironise le collègue. Nous sommes à Quimper, patron…

L'image des jeunes hommes aux rêves brisés, massés au pied des commerces restés vacants du rutilant quartier Feydeau à Nantes, où il était en poste jusqu'à récemment, s'est spontanément imposée à lui. Il va devoir reprendre ses marques dans ce commissariat où il a déjà officié[1]. Suite à l'épidémie de Covid 19 qui a fait des dégâts dans les rangs de la police comme ailleurs, nombre de fonctionnaires sont encore sur le flanc, incapables pour l'instant de reprendre le travail. Aussi des collègues d'autres départements sont-ils venus assurer l'intérim. Parmi eux : Jeanne Sixte, compagne de Perrot, et Hubert Lefèvre, son fidèle acolyte.

— Il avait l'air totalement désorienté, ajoute Plessix.

— Alzheimer ?

— Quelque chose dans ce goût-là, sans doute, confirme Plessix en reposant son café sur la grande table de réunion circulaire. Impossible de lui faire décliner son identité, et encore moins son adresse. On a dû le laisser aux urgences de l'hôpital et de là, il sera sans doute confié aux services sociaux.

Une jeune collègue, Katell Le Scornec, s'émeut du sort du vieillard égaré :

— Il n'a pas pu apparaître dans la rue comme ça, il doit habiter dans le secteur. Il a dû se lever en pleine nuit et sortir sans se rendre compte de l'heure qu'il était…

---

1. *Voir* Jour maudit à l'Île-Tudy, *même auteur, même collection.*

— C'est probable. Cependant, il y a quelque chose qui cloche… nuance Plessix en plissant le front.

Le Scornec le regarde, l'air interrogateur.

— Pour un individu à première vue totalement désorienté, il était parfaitement équipé pour affronter le froid.

La jeune capitaine n'a toujours pas l'air de comprendre où veut en venir son collègue aux interminables phalanges.

— Or, poursuit ce dernier, les Alzheimer qu'on retrouve à traîner dehors en pleine nuit sont généralement encore en pyjama, et, dans le meilleur des cas, en pantoufles…

— Ce qui signifie ? demande Katell en triturant le bout de sa maigre tresse brune.

— Rien de plus que ce que j'ai dit, répond Plessix en ouvrant ses mains démesurées. Ça prouve peut-être qu'il n'est pas sénile au point d'ignorer qu'il faut s'habiller chaudement pour sortir de chez soi en plein hiver !

— Espérons que quelqu'un va rapidement se manifester pour déclarer sa disparition…

— Dieu que cette petite est sensible ! persifle gentiment Plessix. Mais t'inquiète, Katell, on a fait une belle photo de papi avant de le confier aux urgences.

Elle répond d'un petit bout de langue à peine dardé derrière ses incisives, et fronce son nez piqué de rousseur.

— Une bien triste affaire, commente Perrot en secouant la tête, mais malheureusement pas si rare. Quoi d'autre à signaler ce week-end ?

— Une baston qui a dégénéré devant la gare, embraie Dédé, un des plus anciens du service, aux biceps tellement couverts de tatouages que plus un millimètre de chair vierge n'affleure. On a trois gus en cellule de dégrisement et un quatrième a dû être emmené aux urgences. Il était tellement cuit qu'il aurait pu à lui tout seul éradiquer le moustique tigre en Angola.

Le sarcasme arrache des rires étouffés à la dizaine de collègues réunis en ce petit matin blême. Le vieux briscard a le don de dérider les atmosphères les plus moroses, tout cela avec l'air de ne pas y toucher. C'est comme si ses saillies s'échappaient de sa bouche sans qu'il s'en aperçoive, chapelet de vannes qu'aucune digue ne retiendrait. Les sourcils haussés, il regarde l'assemblée avec un air de surprise qu'on dirait sincère, sur son visage buriné piqué d'un poil dru et gris. Il s'aplatit au fond de son siège pour indiquer qu'il n'a rien à ajouter. Le tour de table se poursuit, litanie perpétuelle des troubles mineurs à l'ordre public du samedi soir, parfois ponctués d'évènements plus graves. Mais le week-end passé n'a vu que son lot classique de beuveries, vols de portables et autres portefeuilles, tentatives de viol et coups de canif. Tout ce qui fait le quotidien d'un commissariat de métropole de taille moyenne… La masse de nuages se dégage brutalement, libérant une flèche blanche qui vient se planter dans l'œil de Perrot. Ébloui, il porte la main en visière et décide de voir là le signal de la fin de la réunion. Telle une classe de primaire sauvée par la cloche, la troupe se lève dans le brouhaha et le grincement aigu des pieds de chaises qu'on repousse sur le carrelage d'un blanc passé. Perrot est resté assis, les yeux perdus au-delà de la fenêtre qu'a salie la pluie nocturne. Sur le plan professionnel, les deux nuits passées ont été plutôt calmes et n'ont pas nécessité qu'il soit réveillé pour être avisé d'un évènement sérieux. Il a donc pu passer autant de temps qu'il le souhaitait avec Clara et Simon, même si, en réalité, il a toujours l'impression que les heures s'amusent à se pousser du coude lorsqu'il a le bonheur, une semaine sur deux, de passer le week-end avec ses deux enfants.

Il les a emmenés faire une grande balade en forêt, malgré l'humidité qui gouttait de la canopée et la bruine persistante. En croisant un Beagle cavalant, la truffe au ras du sol, sur la piste de quelque invisible lapin, Simon a encore une fois réclamé d'avoir un chien. Ce à quoi son père a expliqué qu'avec ses horaires atypiques, un chien, de chasse de surcroît, serait très malheureux à l'attendre toute la journée, enfermé à la maison.

— Tu n'auras qu'à revenir le midi pour le sortir, a argué le cadet de sa voix suppliante.

— Arrête d'insister, t'es lourd ! l'a rabroué Clara avec son tact habituel. Déjà que papa a du mal à trouver du temps pour nous, alors imagine pour un clebs !

— Merci du compliment, a souri Perrot, en se félicitant par-devers lui du sens de l'à-propos de l'aînée.

— Ben quoi, c'est vrai, non ? T'es toujours en train de courir.

— Pas aujourd'hui. Et si on rentrait se les faire, ces fameuses crêpes ?

Simon a sauté de joie, oubliant tout à la fois son désir de chien et les imperfections de son père, tandis que Clara accueillait le projet avec la mine réjouie de l'adolescent à qui on annonce qu'il va devoir ranger sa chambre. Ils ont finalement fait honneur au repas de crêpes, qu'ils ont pris dans la petite cuisine de son nouvel appartement en location près du tribunal. Rien à voir avec l'immense cuisine dans laquelle il recevait ses enfants lorsqu'il habitait une partie du manoir près de Nantes. Il a quitté son amie et logeuse, Yvonne Madec, avec quelques scrupules mais elle l'a rassuré avec ces mots :

— Vas-y, Jean-Louis, tu as ta carrière à mener et ce n'est pas une vieille carne comme moi qui doit te retenir.

Il a souri avec tendresse à la « vieille carne », en réalité une charmante vieille dame distinguée et coquette qu'il connaît depuis son enfance. Il est parti, soulagé que Mauricette, l'aide à domicile, ait enfin accepté de venir s'installer au manoir afin d'assurer une présence permanente auprès d'elle. Cependant, ce n'est pas le sort de sa vieille amie qui le préoccupe en ce lundi matin. C'est l'attitude qu'a eue Clara, son aînée, face à Jeanne Sixte, sa nouvelle compagne. Perrot et Jeanne se fréquentent depuis une petite année à présent et ils ont tous deux jugé que le moment était venu que chacun rencontre la progéniture de l'autre. Si les choses se sont passées de manière harmonieuse entre Aurélie, la fille de Jeanne, et Perrot, on ne peut pas vraiment dire que la réciproque soit vraie. Clara s'est montrée froide, voire distante et méfiante, à l'égard de la capitaine de police vannetaise, nouvellement nommée dans le service de son père. Elle a à peine accordé un regard à la jeune femme blonde et n'a pas daigné répondre aux deux ou trois rares questions que cette dernière a osé lui poser malgré tout. Perrot s'apprêtait à avoir une petite explication avec Clara avant de la remettre dans le train pour Paris hier soir, mais un regard appuyé accompagné d'un sourire compréhensif de Jeanne l'en a dissuadé. « Sois patient » semblaient lui dire ses yeux clairs, « Je suis celle qui a pris sa place auprès de toi, laisse-lui donc le temps de se faire à l'idée. On n'est pas pressés… ». Il s'est dit qu'elle avait sans doute raison et qu'il n'allait pas gâcher les derniers instants avec sa fille en provoquant son courroux, mais au fond de lui il éprouve une amère déception. Il était tellement sûr que Clara succomberait au charme de Jeanne ; qui ne le faisait pas ? Le plus drôle c'est qu'il n'avait pas un seul instant imaginé qu'elle puisse ne pas se réjouir de son nouveau bonheur. Si l'un des deux avait dû manifester une quelconque frustration à l'idée qu'il refasse sa vie – Dieu que cette expression lui était odieuse ! Comme un coup de chiffon qui ferait table rase du passé sans plus de procès, effaçant d'un coup de gomme indifférent tout un pan de vie, aussi agréable ou douloureux fut-il – il avait naïvement pensé que ce serait le cadet. Simon était si sensible, si doux, presque trop parfois, victime consentante des brimades récurrentes de sa sœur. Mais c'est dans l'ordre des choses que ce soit sa fille qui témoigne de la jalousie ou de la rancœur à l'égard de l'intruse qui vient s'immiscer dans le duo parfait qu'elle formait avec son père. Il hausse les épaules, cela signifie tout simplement qu'elle est une adolescente ordinaire, avec ses engouements aussi soudains que ses détestations. Il sourit malgré lui en revoyant le visage fermé de Clara, debout sur le marchepied du TGV. À peine a-t-elle consenti à se laisser serrer dans les bras par Perrot, avant de se retourner brusquement pour gagner l'étage du wagon où son frère et elle aiment à voyager. Le commissaire a espéré sans trop y croire qu'elle lui adresserait, à travers la vitre légèrement teintée du compartiment, un petit signe de la main, ou au moins un regard, mais elle a fait en sorte d'avoir un message très urgent à consulter sur son portable, au moment même où s'ébranlait le monstre de fer et d'acier. Il a regardé avec un pincement au cœur s'éloigner la masse brune dans les ténèbres du tunnel, rectangle sombre aussitôt avalé par la nuit. Lentement il est retourné sur ses pas, il a croisé sans les voir les visages tristes ou fatigués de ceux qui avaient accompagné les leurs jusqu'au quai. Il s'est retenu de sortir son portable pour chercher du réconfort auprès de Jeanne, était-il nécessaire de lui faire comprendre qu'elle était la cause du désarroi de sa fille ? La jeune femme en est parfaitement consciente, il le sait, et jamais il ne s'autoriserait à lui faire endosser un tel sentiment de culpabilité. Clara s'est comportée de manière au mieux puérile, au pire impolie, et il n'a guère envie de s'étendre sur le caractère entier de son aînée. Mais alors qu'il se garait en bas de son immeuble, quai de l'Odet, son portable a vibré au fond de la poche de son pardessus. Il a souri en reconnaissant le numéro de Jeanne s'afficher sur l'écran. Comme si cette dernière avait senti que Perrot avait besoin de lui parler. Avec un entrain peut-être un peu forcé, elle lui a demandé s'il était aussi content qu'elle du week-end écoulé, et s'est gardée d'évoquer l'attitude désagréable de

Clara. Elle n'a rien dit, ne cherchant ni à justifier ni à condamner, ce dont il lui sait gré. Ils ont évoqué le temps qui se refroidissait et leur peu d'envie de retourner travailler le lendemain. Ils ont pensé, sans se le dire, que le jour où ils s'installeraient ensemble, ils redouteraient moins les lundis soir.

2

Devant ses yeux un mur noir, ou blanc, ou peut-être ni l'un ni l'autre, pour ce qu'il en sait. Sa rétine ne transmet plus aucune information à son cerveau, est-il devenu aveugle ? Il ne sent plus ses extrémités, a-t-il perdu ses membres, l'aurait-on amputé ? Est-il dans la salle de réveil d'un hôpital inconnu ? Mais pourquoi se trouve-t-il donc là ? Il plisse le front dans un effort de réflexion. Cependant, même sa peau est insensible au froncement de ses sourcils inquiets. Mais les fronce-t-il seulement ? Ne s'imagine-t-il pas qu'il meut les traits de son visage, alors que celui-ci, transformé en pierre, n'est plus capable d'aucun frémissement ? Perrot ne sent pas le sol sous ses pieds, comme si son corps s'était libéré de la pesanteur, masse suspendue au-dessus des sables mouvants. Si sa plante de pieds est parfaitement insensible, il a néanmoins l'impression que son enveloppe charnelle n'est pas totalement morte, car il a encore de vagues sensations au niveau des genoux. Il baisse la tête, une décharge électrique lui tétanise la nuque et lui arrache un cri qu'il doit être le seul à entendre car sa gorge ne laisse plus passer aucun son. Ses yeux ne distinguent rien dans tout ce noir, ou tout ce blanc, ténèbres sans couleurs créées par la palette d'un peintre fou. Mais il sent définitivement des fourmillements au niveau de ses rotules. Il comprend alors qu'il n'est pas debout mais à genoux, les mains appuyées il ne sait où, puisque le bout de ses doigts est sans vie. Et puis soudain, tout lui revient, ou du moins tout ce que son esprit a accepté d'enregistrer avant d'ériger des cases étanches dans sa boîte crânienne. Le lieutenant Plessix lui dit dans l'oreillette que la voie est libre, mais qu'il doit se montrer extrêmement prudent. Perrot ignore à peu près tout de ce qui l'attend à l'étage de cet immeuble. Il sait juste que l'individu menaçant retient une mère et ses deux jeunes enfants en otage. Allongé sur le sol, il revit en images la lente montée des marches, engoncé dans son gilet pare-balles, tous les sens en alerte et l'oreillette activée. La main tendue en avant, serrée sur son arme de service, il avance, centimètre après centimètre, son regard aussi vif qu'un radar balayant les recoins.

Il ne sait pas où il s'aventure, il sait seulement que l'individu a appelé le commissariat et menace d'exécuter les otages si le commissaire Jean-Louis Perrot en personne ne vient pas jusqu'à lui. Perrot y est donc allé, en se persuadant que l'individu n'était probablement qu'un simple illuminé, un pauvre type un peu frustré à la recherche de sa petite heure de gloire. Pourtant, le sang-froid dont l'homme a témoigné au cours des échanges téléphoniques avec la police semble indiquer le contraire. Il s'est montré parfaitement clair dans ses revendications, refusant catégoriquement de parlementer avec un quelconque intermédiaire, type négociateur du RAID ou du GIGN. On sent qu'il a anticipé les réactions des forces de police, dont il se doute qu'elles sont déjà stationnées en bas de l'immeuble et autour. Il a une seule et unique condition : s'entretenir avec le commissaire central adjoint à la sûreté. « Pourquoi lui ? » a demandé calmement celui qui était son interlocuteur téléphonique depuis le début de la prise d'otage. « Je ne parlerai qu'à lui », a tranché le ravisseur avant de raccrocher brutalement. On l'a rappelé. Il a refusé de répondre. S'en sont suivies de longues secondes d'attente angoissante pour les agents postés à l'extérieur, et la foule des badauds tenus à l'écart des cordons de sécurité. Il a alors répété, sur le ton uni de celui qui déclinerait une banale liste de commissions, que si les forces de l'ordre voulaient revoir la mère et les deux enfants vivants, il fallait que Perrot vienne à lui. « Aussi simple que cela », s'attendait-on presque à l'entendre prononcer, tant son timbre de voix était léger, presque badin. Le négociateur a exigé d'écouter la voix de la femme et des deux enfants séquestrés, afin de s'assurer qu'ils étaient toujours en vie. L'homme a obtempéré, en tendant son portable en direction des trois victimes. On a alors entendu dans la salle de réunion où tous retenaient leur souffle les prières et appels aux secours éplorés de la jeune femme et de sa progéniture. En contrepoint des sanglots déchirants des enfants résonnaient les tentatives de la mère pour rassurer ses petits. Immédiatement, le négociateur a tenté de s'adresser directement à la femme, afin de s'assurer qu'ils n'étaient pas blessés, mais l'homme s'est vivement interposé et a rugi à l'adresse des policiers : « Maintenant, c'est bon ! Le commissaire monte ou je leur fais sauter la cervelle ! » Puis il a de nouveau raccroché, plongeant l'équipe réunie en cellule de crise dans le désarroi. Dans la salle de conférences baignée d'une lumière trop blanche, la tension était palpable, électrique, explosive. Il fallait réagir. Et vite. Sur-le-champ. La vie de trois innocents en dépendait. Perrot a fini par capituler. Il a enfilé le gilet pare-balles, extrait son Sig de l'armoire métallique et s'est fait conduire dans une voiture banalisée qui l'a déposé à une rue de l'immeuble. Il a avancé, le visage camouflé par une cagoule lui garantissant l'anonymat, a montré discrètement sa carte aux gardiens en faction sur la pelouse chétive devant le bâtiment. Ils ont acquiescé, murmuré « bon courage » et se sont écartés. Perrot s'est glissé dans le hall vidé de ses occupants par les forces de l'ordre, a ignoré la cage d'ascenseur dont le rectangle lumineux se découpait dans le couloir obscur.

Il gravit les marches lentement, enregistrant chaque détail sur les murs, la fissure laissant sourdre le plâtre, les promesses écrites au marqueur de « niquer ta mère », « faire crever les pédés » ou autre « enculer ta sœur » qui jalonnent son ascension. Un bruit d'eau glougloutant dans une canalisation entre les deux premiers étages le fait sursauter. Il n'en sert que plus fort son arme de service et intime aux battements de son cœur de ralentir leur chamade. Mais le sang-froid ne se commande pas, ce serait trop simple… La sueur de la peur a creusé un sillon humide le long de sa colonne vertébrale, sous la carapace du gilet, lui arrachant un frisson fiévreux. Plus que quelques pas et il sera face à la porte derrière laquelle se joue le sort de trois innocents. Sera-t-il à la hauteur ? Saura-t-il exhorter le forcené à relâcher les otages sans attiser sa fureur ? En sortiront-ils tous indemnes ? Ou aucun d'entre eux ? Il n'a pas le temps de penser au pire, un pied devant l'autre, une respiration lente, profonde, une autre, rester calme, c'est son métier, il sait faire, on lui a appris à gérer ce type d'individus, il y a un mode d'emploi ; en appeler à son savoir-faire, ses connaissances, ne pas se laisser gagner par l'émotion, un pas en avant, encore un autre, allez, il en faudrait un de plus pour atteindre la porte. Lever la main pour frapper ? En fait, non, ne pas frapper. De longues secondes d'attente fébrile, la voix qui grésille dans l'oreillette pour lui dire que le preneur d'otages n'a pas cherché à les contacter depuis l'entrée du commissaire dans les murs. Il réfléchit un quart de seconde, regarde tout autour de lui pour s'assurer qu'un complice n'est pas tapi en embuscade, prêt à bondir sur lui. Prend son Sig à deux mains et tend les bras devant lui. De la pointe de son arme, il actionne la poignée puis donne un coup de pied dans la porte, avant de se jeter prudemment en arrière.

Mais c'est là que tout a basculé. Il n'a vu personne, ni le forcené, ni la femme, ni les enfants. Il n'en a pas eu le temps, un souffle puissant l'a projeté en arrière, ballot de chair humaine balayé par une tornade. Et ce vacarme assourdissant qui lui a fait entrevoir l'antichambre de la mort.

3

Trois mois plus tôt

Il n'a pas d'autre choix que de faire cela, du moins c'est ce qu'il se force à croire, manière un peu lâche d'apaiser sa conscience. Mais ce sont les circonstances qui l'ont poussé à agir de la sorte, un chemin de vie loin d'être pavé de roses. Bien sûr, s'il le pouvait, il agirait autrement. Il n'est pas un monstre. Ou alors, la terre n'a engendré que des monstres, car, qui, à part l'enfant sorti du ventre de sa mère puis le tout petit enfant qu'il deviendra, peut prétendre à l'innocence absolue ? Il n'est pas né avec une cuiller en argent dans la bouche. Il a dû se débrouiller. Comme il pouvait. Pour manger, pour vivre, tout simplement. Et à celui qui oserait lui dire qu'il n'a pensé qu'à lui, il répondrait que oui, l'altruisme, c'est pour ceux qui ne manquent de rien. Ceux qui n'ont comme seul dilemme que de savoir si ce soir au dîner ils cuisineront du veau ou du filet mignon. Eux n'ont pas mangé de viande depuis une éternité, ils en ont même oublié le goût. Enfin, lui là-haut, c'est certain… Il est de bon ton, aujourd'hui, de clamer qu'une assiette équilibrée doit contenir au moins trois quarts de fruits et légumes pour un quart de viande, mais ce sont ceux qui ont le choix qui peuvent se permettre d'édicter de tels préceptes. Lui n'a que des pâtes à se mettre sous la dent, et les bons jours, il s'autorise un filet de concentré de tomate en tube. Alors, la viande… Il repense à la décision qu'il a prise, si difficile, presque inhumaine, et pourtant inévitable. Il a agi par amour, enfin non, pas vraiment, qu'il soit sincère avec lui-même, il se doit au moins cela s'il ne veut pas perdre toute trace d'humanité, il a agi par respect plutôt, par respect pour la dignité humaine. Qui sait ce qu'il serait advenu s'il avait laissé les choses dégénérer ? On l'aurait harcelé au téléphone, « Il va être temps de payer vos dettes, monsieur », il aurait fini par ne plus répondre. Alors on l'aurait inondé de courriers recommandés qu'il aurait refusé d'aller récupérer à la poste. Au bout du compte, on serait peut-être venu le chercher, on l'aurait emmené au poste de police, où on l'aurait sommé d'expliquer sa conduite. Il n'aurait rien trouvé à répondre, enfin si, il aurait dit l'exacte vérité, mais qui aurait accepté d'entendre l'inaudible ? On lui aurait parlé de non-assistance à personne en danger, et on lui aurait fait expier sa faute. Non, plus il y réfléchit et plus il se convainc qu'il a fait ce qu'il fallait. Il se verse un verre de vin, le troisième, c'est sans doute trop, vu qu'il n'a rien de particulièrement glorieux à fêter, sinon ce qu'il se plaît à qualifier d'acte de courage.

Ceci dit, c'est probablement le léger enivrement qu'il sent venir comme une caresse apaisante qui lui fait envisager son acte comme quelque chose de valeureux, car, aux yeux de la société, il a forcément commis quelque chose de répréhensible, odieux, ignoble, inhumain. C'est fou comme les adjectifs négatifs lui viennent aisément aux lèvres, lui qui a pourtant toujours eu du mal à aligner deux mots dans ses rédactions scolaires. Il n'a jamais été fort pour verbaliser les choses, *a fortiori* ses émotions. Pourtant ce soir, alors que les lampadaires publics et les lumières de la rue s'allument les unes après les autres aux fenêtres, il se sent étrangement en verve. Les qualificatifs péjoratifs forcent le barrage de ses lèvres serrées que le froid a gercées, en un chapelet qu'aucun nœud ne semble vouloir fermer. À croire que le vin est vraiment l'ami des poètes, grince-t-il en buvant une lampée qu'il avale de travers et qui manque l'étouffer. Il tousse, s'irrite la gorge et essuie la larme qui perle à ses yeux rougis. Il fait tourner son verre sur le plateau au vernis devenu grisâtre dans lequel des milliers de couverts ont laissé leur trace. Il glisse son ongle en deuil dans une griffure et en suit machinalement le cours, avant de laisser échapper un petit rire sec, en songeant qu'aujourd'hui, les bobos s'arrachent ces horreurs de meubles en formica au prétexte que le « vintage » serait devenu « tendance ». « Si mes vieux avaient pu imaginer qu'un jour, leur mobilier acheté quatre sous vaudrait un bras… » Il se sent soudain très las, encore plus las que d'habitude, d'une lassitude écrasante qui semble n'avoir comme unique finalité que de le réduire à néant. Mais il se reprend, il a une tâche à mener à bien, une mission qui lui tient à cœur depuis longtemps, et qui aujourd'hui lui semble plus pressante que jamais. Il se demande cependant s'il a la moindre chance d'y parvenir et le doute le submerge à nouveau. Il sursaute, arraché à ses pensées par un frôlement sur sa jambe. C'est Souris, le vieux chat de son père, qui vient réclamer son repas. Alors l'homme parvient à puiser en lui un reste d'énergie pour repousser sa chaise au formica aussi gris que les dalles fendillées du carrelage que les pieds métalliques font protester. Il va au buffet qui fut un jour la fierté de la jeune épousée, apportant son meuble de famille en dot, et attrape le bol de Souris. Il se demande parfois pourquoi la gamelle en plastique du chat porte un décor de labrador en médaillon. Son père n'étant pas un grand humoriste, il en est venu à la conclusion logique que ladite gamelle devait être en solde. Alors qu'elle soit décorée à l'effigie de Napoléon, de Scoubidou, ou d'un chien, qu'importait à son vieux, pourvu qu'il réalisât une économie. Chacun fait comme il peut pour survivre, se dit-il en versant les croquettes premier prix dans l'écuelle, avant de la poser au pied du bahut. Quoiqu'affamé, Souris ne bouge pas d'une moustache, comme s'il refusait de s'abaisser à se ruer sur sa pitance tel un vulgaire animal. La décence l'empêche de faire comme son ennemi atavique qui trône sur sa gamelle.

4

— Il n'y a jamais eu personne d'autre dans l'appartement avec le prétendu ravisseur, déclare le procureur de sa voix profonde.

Adossé à ses oreillers, dans la chambre d'hôpital où il a été transféré, Perrot tombe des nues, partagé entre incertitude et rage. D'une voix blanche, il demande :

— Vous voulez dire qu'il était seul là-dedans tout au long de la prise d'otages ?

— Affirmatif.

— Il n'y avait donc pas prise d'otage...

— C'est ça.

Perrot laisse passer un blanc, le temps d'intégrer cette révélation inattendue qui, à la lumière des dernières heures, paraît soudain totalement grotesque. Il a donc manqué perdre la vie pour amadouer un preneur d'otages qui n'en était pas un ! L'absurdité des faits pourrait prêter à sourire si les évènements n'avaient failli se solder par son propre décès.

— Et l'individu ? articule-t-il avec l'impression que sa bouche asséchée par les poussières de l'explosion va s'effriter comme un parchemin.

— Il a dû s'enfuir à temps. Les premières constates font pencher pour cette option, car a priori, on a aucun reste humain dans les décombres…

— Il serait donc en cavale ?

Il sait que sa question restera sans réponse. Il tourne la tête en direction de l'immeuble gris qui se dessine à travers la vitre à demi occultée par le store à lattes plastifiées blanches. Sur l'immense rectangle, seules deux ou trois fenêtres découpent leur carré lumineux, les gens sont encore au travail, et les enfants à l'école. Le blessé n'a plus aucune notion du temps mais un coup d'œil à sa montre, dont le verre s'est brisé dans l'accident, lui indique qu'il est un peu moins de quinze heures. Il est donc là depuis moins de vingt-quatre heures. Il tourne vers le visiteur un visage où se lit la plus profonde perplexité :

— Mais ces voix qu'on a entendues, celles des gosses et de la mère ?

— Il va falloir fouiller dans les débris mais je ne serais pas surpris qu'on y retrouve un téléphone à partir duquel il diffusait un enregistrement…

— Je vois… Et on s'est contenté du son de leurs voix pour s'assurer qu'ils étaient toujours en vie…

Le ton du blessé est légèrement interrogateur. Ou peut-être simplement las, jauge son interlocuteur.

— Pas exactement, corrige ce dernier. En fait, le négociateur du RAID a essayé à un moment d'entrer en contact direct avec les victimes, mais aussitôt le pseudo-ravisseur a repris le combiné et a exigé que vous montiez sans plus attendre.

Perrot opine lentement. Pourtant, un point, parmi tant d'autres, demeure obscur.

— Mais dans ce cas, s'ils n'étaient pas là, où se trouvaient donc les occupants des lieux ?

— Le forcené aurait emprunté l'appartement de la locataire, une dénommée Khedidja, partie au bled pour les obsèques de sa grand-mère.

— Elle était au courant de ses projets ?

— Qui sait ? On va devoir entendre la témoin à son retour du Maroc.

— Elle n'a pas été jointe depuis l'explosion ?

— C'est ça qui est bizarre, il semblerait que personne ne sache comment la contacter là-bas… J'ai un peu de mal à croire qu'elle n'ait aucune personne de confiance dans son immeuble, quelqu'un qui aurait son double de clé, par exemple.

— Qu'a donné l'enquête de voisinage ?

— Pas grand-chose… On parle d'une personne discrète, qui se lie peu, voire pas du tout. Jamais de visite, à part de temps en temps une jeune femme qui pourrait être sa sœur. Même les deux gosses sont presque invisibles…

— Un compagnon ? Le père des mômes ?

— Jamais d'homme chez elle, d'après les premiers témoignages.

— Je ne comprends pas… murmure Perrot. Ce type n'avait a priori nulle revendication d'aucune sorte, ni politique, ni idéologique…

Il ferme les yeux quelques secondes et reprend, la bouche toujours plus pâteuse :

— … et il a exigé de me parler exclusivement. Tout cela n'a aucun sens, conclut-il en remuant doucement une tête qui lui semble soudain ankylosée.

— C'est vous qu'il voulait…

Perrot dévisage son interlocuteur sans comprendre. Ou peut-être en refusant de comprendre, comme si son cerveau rejetait l'idée. Le visage grave, celui-ci prononce d'une voix sourde :

— Vous étiez la cible…

Le blessé reçoit l'information en pleine face, aussi violente que s'il se fut agi d'une gifle. Il déglutit laborieusement, le palais soudain aussi sec que celui de l'assoiffé dans le désert.

— Mais pourquoi moi ?

Le procureur hausse les épaules en agitant lentement la tête.

— L'enquête nous le dira. Enfin, espérons-le, ajoute-t-il d'une voix altérée. Mais en attendant qu'on mette la main sur cet individu, je ne saurai trop vous recommander de vous montrer très prudent. Nous allons vous faire garder vingt-quatre heures sur vingt-quatre.

— Ce ne sera pas nécessaire.

— Je ne vous suis pas… réplique le magistrat en arquant les sourcils.

— À part vous, moi, et une poignée de collègues, tout le monde, et surtout ce taré, ignore que j'en ai réchappé…

— Nous n'avons pas encore fait de conférence de presse mais…

— Considérons donc que je n'ai pas eu la chance de survivre, le coupe Perrot.

— Je ne vois toujours pas où vous voulez en…

— Je cherche simplement à gagner du temps. Tant que ce type croira qu'il est parvenu à m'éliminer, je serai en sécurité.

— Mais tôt ou tard, il apprendra que vous êtes bien vivant… Et à ce moment-là…

— Entre-temps, j'aurai eu le champ libre pour mener mon enquête.

— Votre enquête ? rétorque le procureur en espérant avoir mal entendu.

— Ce gars voulait ma peau, je suppose que cet argument devrait suffire à vous convaincre…

Son visiteur secoue lentement la tête et répond de sa voix profonde :

— Vous n'êtes pas sérieux, Jean-Louis, il est hors de question que nous jouions à ce petit jeu. Je viens d'avoir Sylvère Pruteau au téléphone ainsi que le directeur régional, tous deux ont mis l'accent sur votre besoin immédiat d'une protection rapprochée. Et oubliez vos projets d'enquête, l'urgence pour l'instant, c'est de vous remettre.

Un sentiment de fatigue extrême s'abat soudain sur les épaules de Perrot, il repose la tête sur l'oreiller un peu trop souple, et ferme les yeux quelques instants. Se méprenant sur son geste, le procureur s'est discrètement levé pour laisser le patient se reposer, quand Perrot se redresse en grimaçant de douleur.

— Vous avez sans doute raison, monsieur le procureur. Je ne suis peut-être pas tout à fait en état pour jouer au justicier en ce moment. Simplement, je souhaiterais contacter personnellement mon ex-femme pour qu'elle explique à mes enfants qu'ils ne devront pas chercher à me joindre pendant ma « mission top-secret à l'étranger », précise-t-il d'un mouvement des index. Aucune raison de leur parler de mes blessures.

Il ferme à nouveau les yeux et souffle :

— Quant à la presse, inutile d'insister sur le fait que j'en ai réchappé.

— Vous n'êtes pas superstitieux, frissonne, malgré lui, le magistrat.

— Je suis breton, donc je le suis forcément un peu, comme tous au pays de l'Ankou…

Cinq jours plus tard, aussi discrètement qu'il y a été admis, Perrot s'esquive de l'hôpital à bord d'un véhicule banalisé. L'équipe soignante a tiqué lorsque le policier a annoncé qu'il voulait sortir si rapidement, mais elle n'a opposé aucune véritable résistance. Probablement soulagée de voir le dispositif de surveillance autour de la chambre du blessé être enfin levé.

5

Frappée de stupeur autant que d'inquiétude, Jeanne ne cesse d'imaginer les images de l'attaque perpétrée contre Jean-Louis. Cela fait cinq jours maintenant qu'il a été hospitalisé et il ne l'a appelée qu'une fois, quelques secondes à peine. Depuis, elle a dû se contenter de trop brefs bulletins de santé quotidiens communiqués par Pruteau, selon lequel Perrot se remettait aussi bien que possible. Incapable de reprendre le cours normal de son existence, elle lui a demandé de pouvoir travailler de chez elle, ce qu'il lui a immédiatement accordé, étant donné les circonstances. Il lui a même proposé de poser un congé maladie de quelques jours, mais elle se dit que l'inaction serait la pire des solutions. Pour des raisons de sécurité qu'elle a du mal à accepter, elle n'a pas été autorisée à rendre visite à Jean-Louis à l'hôpital, aussi ne peut-elle que se représenter le blessé, allongé sur un drap blanc d'hôpital. Souhaitant distraire ses pensées, elle décide de se replonger dans cette enquête sur un réseau de pédophiles sévissant depuis plusieurs semaines sur les réseaux sociaux. Elle s'installe confortablement dans le canapé, l'ordinateur ouvert sur ses jambes couvertes d'un plaid, dans son salon baigné d'une lumière hivernale. Elle boit une gorgée du thé Earl Grey auquel Jean-Louis l'a convertie, puis relit le dépôt de plainte d'un éducateur quimpérois venu signaler il y a trois mois les échanges virtuels entre une jeune fille du foyer où il travaille et un pédophile présumé. Depuis son audition, des investigations ont eu lieu et ont permis d'établir l'existence d'un réseau local sur Internet. Mais rien de plus difficile que de traquer les pédo criminels qui tissent leur toile en dissimulant leur identité. Afin de remonter la piste de ces voyeurs aguerris, il faut donc avancer masqué et user des mêmes patience et ruse qu'eux pour réussir à les piéger. Le meilleur moyen pour y parvenir étant de se faire passer pour un ou une jeune adolescente en quête d'amitiés virtuelles. Jeanne s'est vue confier un ordinateur portable avec une adresse IP intraçable, lui permettant de se créer un faux profil sur les réseaux sociaux. Elle s'y présente comme une jeune fille de quatorze ans à peine, amateur de séries Netflix américaines pour *teenagers* et de vêtements à la mode. Elle y raconte ses conflits avec ses parents qui ne comprennent pas ses envies de faire des photos pour gagner quelques sous. Elle se plaint que ceux-ci sont toujours sur son dos, à lui demander ses résultats scolaires et autres justificatifs de retard à l'école.

Jeanne Sixte avale une autre gorgée de thé à la bergamote et prend une grande inspiration avant d'endosser sa panoplie d'adolescente crédule, proie idéale des prédateurs sexuels. La policière se réjouit intérieurement qu'Aurélie ne soit pas en ce moment dans la même pièce qu'elle, témoin involontaire du stratagème un peu douteux de sa mère. Jeanne lance l'application et se connecte, pour se rendre compte que son interlocuteur familier a déjà essayé de la joindre deux fois hier et une fois aujourd'hui, en tout début d'après-midi. En revanche, elle constate qu'il n'est pas en ligne en ce moment. À moins qu'il ne sévisse en parallèle sur d'autres sites…

– *Hello, Shirley j'espère que tout va bien, je m'inquiète de ton silence. Tes parents t'ont peut-être encore contrariée ? Ou alors, tu t'es fait disputer par tes profs ? Ce n'est pas si grave, tu sais, je suis là pour en parler avec toi quand tu en as besoin. On pourrait même se voir un de ces jours, je crois que tu habites Quimper, je ne suis pas trop loin…*

Écœurée, Jeanne se fait violence pour répondre aux messages de plus en plus explicites. Elle ne peut empêcher l'image d'Aurélie de se superposer à celle de Shirley, et prie en son for intérieur pour que jamais sa fille ne soit approchée par ce genre de pervers. L'individu est passé à la vitesse supérieure, avec cette proposition à peine voilée qu'enfin ils se rencontrent en chair et en os.

« *Je ne suis pas trop loin…* », les mots de l'inconnu qui se fait appeler Casanova résonnent comme une menace odieuse aux oreilles de la policière, qui se met à écrire en veillant à faire quelques fautes d'orthographe, puisqu'elle est censée être fâchée avec l'école.

– Bonjour Casanova, s'est gentil de pensé a moi, je me sent si seule parfois... Même mes copines ne me comprenne pas. J'ai l'impression qu'il y a que toi qui voit que je vais pas très bien. Oui, se serait bien qu'on se rencontre pour de vrai un jour... A plus, Shirley.

Elle interrompt la correspondance puisque l'individu n'est pas connecté en ce moment, et laisse échapper un soupir de soulagement en quittant son rôle obscène. Elle aperçoit son portable mis en silencieux qui vibre sur la table basse envahie de magazines. Numéro inconnu. Elle regarde le combiné avec lassitude, n'ayant pas pour le moment la force de parler à un quelconque étranger. Le téléphone s'immobilise pour se remettre à nouveau à vibrer. La personne insiste, cela doit être important. Elle attrape lentement le portable et décroche avec une main de plomb, quand soudain son cœur s'emballe, en reconnaissant la voix.

— Jeanne, c'est moi...

— C'est toi, enfin ! Je ne reconnaissais pas ton numéro. Comment te sens-tu ? Mais d'où appelles-tu ?

Un hoquet lui étreint brutalement la gorge, elle sent qu'elle va défaillir d'émotion. Elle attend ce second coup de fil depuis presque quatre jours à présent. Elle se retient au bord de la table et s'y agrippe convulsivement. Loin, très loin, elle entend une voix inquiète qui l'interpelle. Elle regarde autour d'elle, reprend peu à peu pied dans la réalité grâce à ce timbre familier et aimé qui la supplie de revenir à elle. Elle ravale un sanglot et presse désespérément le combiné sur son oreille.

— Je suis désolé de te causer un tel émoi, reprend la voix à peine reconnaissable, comme filtrée à travers les mailles de quelque masque.

Soudain, elle se demande si quelqu'un n'est pas en train de se faire passer pour le blessé. Après tout, le numéro lui est inconnu. Perrot doit sentir son doute car il ajoute, comme pour prouver son identité :

— Je parie que tu es en train de boire un thé…

Elle rit, soulagée.

— On ne peut rien te cacher ! Mais où es-tu, Jean-Louis ? Tu es toujours à l'hôpital ? Où es-tu ? Je veux te voir !

— Il vaut mieux que je ne te dise pas où je me trouve, Jeanne. Sache seulement que j'ai été soigné et que ça va, à présent.

— Tu es encore hospitalisé ?

Il élude la question et indique de sa voix encore pâteuse :

— Tu sais, je pense que c'était moi la cible…

— Quoi ?

— Il n'y avait pas d'otage…

— Quoi ?

— Ce type qui m'a fait monter jusqu'à l'appartement, c'est moi qu'il visait… moi seul… C'est pour ça qu'on m'a mis sous surveillance, Jeanne… Pour ma propre sécurité. Et c'est pour ta sécurité, que je préfère que tu ignores où je me trouve en ce moment.

— Mais enfin, Jean-Louis, je suis policière, moi aussi ! Je connais la procédure !

— Je ne veux pas que tu prennes de risque pour moi, Jeanne, tu as Aurélie…

— Et je t'ai toi aussi, réplique-t-elle sourdement. Enfin, je le croyais…

— Je t'en prie, Jeanne…

Elle se mord la lèvre.

— Désolée, je ne voulais pas dire ça. Dis-moi au moins comment tu te sens.

— Encore un peu groggy. À part pas mal d'écorchures et une foulure à la cheville, j'ai juste deux côtes de fêlées. Ils ont cru au départ que la côte avait perforé le poumon mais mes difficultés pour respirer venaient du fait que j'ai avalé beaucoup de poussière pendant l'explosion.

— Ouf. Et Lefèvre, tu l'as appelé ?

— Je comptais sur toi pour lui donner des nouvelles.

— Bien sûr.

— Je suis fatigué, je te rappellerai. Mais promets-moi une chose…

— … De ne rien entreprendre pour te retrouver ?

— C'est ça.

— Je préfère ne rien promettre, conclut-elle en raccrochant lentement.

Elle se prend la tête à deux mains, ses coudes appuyés sur ses cuisses. Elle a envie d'éclater en sanglots et de rire tout à la fois, tant elle est soulagée d'avoir entendu sa voix. Elle se retrouve soudain animée d'une force nouvelle pour combattre l'ennemi invisible qui la prive de l'homme qu'elle aime. Mais elle se sent si seule, assise dans ce salon qui lui paraît tout à coup trop grand.

Au même moment, comme pour la contredire, un numéro familier s'affiche sur l'écran de son téléphone.

— Bonjour, Jeanne, comment ça va ? Tu as des nouvelles de Jean-Louis ?

— Tu dois avoir un sixième sens, Hubert, il vient juste de m'appeler.

— Ah ! Et comment se porte-t-il ?

— Ses blessures sont heureusement moins graves qu'il n'y paraissait.

— Ouf! soupire bruyamment Lefèvre, que Jeanne visualise parfaitement, la main théâtralement posée sur le cœur et le visage tourné vers les cieux.

— Il a passé cinq jours à l'hôpital et j'ai cru comprendre qu'il était sorti.

— Pour aller où ? Chez lui ?

— Non, pas chez lui.

— Il n'est pas en état de rester seul, je suppose.

— Non, ce n'est pas ça…

— Pardon ?

— Je sais uniquement ce qu'il a bien voulu m'en dire, mais à ce que j'ai cru comprendre, l'individu ne retenait en réalité personne dans cet appartement.

— C'était quoi alors ce délire ? L'œuvre d'un mégalomane ?

— Je ne pense pas, répond Jeanne sourdement, je crois au contraire que ce type est parfaitement sain d'esprit et qu'il a organisé ce faux kidnapping pour une seule et unique raison…

Saisi par l'énormité de la révélation, Hubert s'est tu. On entend à travers le double vitrage le bruit un peu étouffé de la circulation sur le boulevard.

— Tu veux dire, pour régler son compte à Jean-Louis ?

— J'en ai bien peur…

Elle a tout à coup besoin de bouger ses jambes ankylosées et retrouver un peu de normalité. Le combiné toujours à l'oreille, elle va dans la petite cuisine et regarde ce que contient le réfrigérateur. Lefèvre rompt enfin le silence :

— On a une idée de l'identité du type ?

— Pas à ma connaissance, fait Jeanne en haussant les épaules à son reflet en ombre chinoise sur le carreau de la fenêtre.

— Mais où est Jean-Louis en ce moment ?

— Je l'ignore…

— Tu en es sûre ?

— Disons que… Moins on en saura tous, mieux cela vaudra pour lui…

— Je comprends… En tout cas, Jean-Louis a de la chance de t'avoir dans sa vie…

Elle laisse un sourire triste détendre son visage crispé par l'angoisse, heureuse du compliment d'un Lefèvre d'ordinaire peu porté sur la sentimentalité. Mais déjà, il s'est pudiquement ressaisi, et c'est de la voix bourrue qu'elle lui connaît qu'il conclut :

— Si je peux aider en quoi que ce soit…

— Je te fais signe…

Elle repose le combiné sur le plan de travail et entreprend de préparer un potage. Elle sait qu'elle doit rassembler ses esprits et faire bonne figure devant Aurélie, qui, du haut de ses dix ans, ne devrait pas avoir à subir les aléas professionnels de sa policière de maman. Surtout à la maison, lieu rassurant s'il en est. L'enfant ne sait pas pourquoi sa mère est en télétravail et a dû se contenter de l'explication selon laquelle elle était accaparée par une enquête très sensible dont elle n'avait pas le droit de parler en privé. Jeanne pose des légumes sur la planche à découper mais se rend compte que sa main tremble trop pour ne pas se blesser. Elle repose le couteau et sort une grande pizza de la partie congélateur. Après un bref moment d'hésitation, elle replace la végétarienne au frais et déchire le carton de la quatre-fromages, la préférée d'Aurélie. Ou comment acheter sa tranquillité à bon compte…

*

— Donc, je résume, il ne faut pas confondre chiffre d'affaires et bénéfice, le bénéfice étant… étant… ? Une réponse, peut-être, Charlène ?

La jeune fille ramène ses yeux torves en direction de la voix criarde de la professeur d'éco-gestion, en se répétant pour la énième fois que décidément, elle déteste cette matière. En réalité, elle déteste toutes les matières de ce cursus, elle se demande vraiment pourquoi elle a atterri dans ce BEP de malheur. Enfin, cela n'est pas tout à fait vrai, elle connaît pertinemment les raisons de cette orientation désastreuse : elle n'a rien fichu en troisième, alors on l'a collée dans cette filière qu'elle exècre. « Tu n'avais qu'à t'y opposer », lui souffle une petite voix intérieure. Mais l'écho de sa raison ne peut faire le poids face au rouleau compresseur de la mauvaise foi.

— Charlène ? insiste la voix aigrelette. Vous avez une réponse intelligente à nous apporter ?

La mâchoire serrée, l'élève s'apprête à riposter. Qu'est-ce qu'elle a cette saleté de prof à la harceler comme ça ? Elle peut pas lui foutre la paix, une fois dans sa vie ? Elle a vraiment besoin de faire chier tout le monde, cette mal baisée ! Charlène sent monter le flot de paroles acerbes qu'elle regrettera sitôt prononcées, alors elle se retient *in extremis*, pâle de colère, les doigts crispés dans son giron sous le bureau.

— Je n'ai pas révisé, finit-elle par confesser. J'aurais dû, mais voilà… achève-t-elle sur le ton de la repentance, en remuant la tête lentement de droite à gauche.

Elle entend Samantha pouffer tout bas derrière elle, mais elle reste stoïque, image parfaite de la contrition faite femme. La professeur a interrompu sa tirade, les yeux plissés comme pour mieux déchiffrer le visage impénétrable de l'adolescente rebelle assise au troisième rang. Malgré les apparences, l'enseignante n'est nullement décontenancée par cet aveu plein d'humilité. Elle n'apporte aucun crédit à cette confession aux faux accents de sincérité, mais son expérience lui dit qu'une rebuffade publique serait accueillie par les huées des élèves, toujours prompts à clamer à l'injustice, même quand ils n'ont que faire de la victime… Pour ne pas envenimer une ambiance de classe déjà tendue, la professeur baisse d'un ton :

— Bien, je reviendrai vers vous demain, Charlène. D'ici là, je vous conseille vivement d'apprendre votre cours !

La jeune fille acquiesce docilement, mais sitôt l'enseignante revenue à son tableau noir, elle se retourne vivement et tire une langue insolente en direction de Samantha, qui se gaussait discrètement depuis le début de l'épisode. Heureusement qu'elle est là, cette chipie, sinon le temps lui paraîtrait interminable dans ce collège technique qu'elle n'a pas choisi d'intégrer. Les autres élèves la laissent totalement indifférente, elle n'a même pas envie de les critiquer ou de se moquer d'eux, contrairement à Samantha qui se plaît à le faire avec son humour caustique. Elle voudrait juste ne plus croiser les regards féminins mornes sous leur paquet de fard à paupières mal étalé et l'œil excité des garçons au-dessus de leurs joues grenées, détournant gauchement la tête au passage des filles, pour mieux les siffler par-derrière. Enfin, elle entend le très faible grésillement qui annonce la sonnerie de fin des cours.

Dans un vacarme assourdissant, la classe surchargée se lève comme un seul homme en faisant bruyamment racler les pieds de chaise et se jette dans le couloir. Les filles ont déjà dégainé leur portable et les garçons leur paquet de cigarettes. Les professeurs s'écartent sur le passage de la volée de moineaux criards, qui avec un visage attendri, qui avec une mine excédée. La deuxième catégorie l'emportant nettement sur la première, il faut bien le dire… Charlène et Samantha sont, pour leur part, sorties d'un pas tranquille de la salle de classe, comme si l'une et l'autre regagnaient leurs pénates avec des pieds de plomb. Leur lenteur n'échappe pas au regard acéré de la professeur d'éco-gestion, qui ne peut retenir un « Eh bien, dites donc, mesdemoiselles, si on m'avait dit qu'un jour, vous traîneriez la jambe pour quitter le lycée ! » Les deux élèves haussent les épaules en guise de réponse mais se fendent toutefois d'une esquisse de sourire. Il serait imprudent de se mettre à dos la professeur principale à deux semaines du Conseil de classe… Charlène et Samantha sont enfin dehors, accueillies par un brouillard de nicotine auquel se mêle un soupçon d'odeur de cannabis. Les scooters vrombissent alors que leurs pilotes sont encore occupés à échanger des vannes, tout en tirant sur leurs cigarettes. Comme à l'ordinaire, les deux amies prennent aussitôt la tangente, peu enclines à frayer avec leurs camarades de classe. Toutes deux ont été placées dans cette école où elles ne connaissaient personne, sans l'avoir personnellement décidé. Samantha, parce qu'elle venait d'être retirée à sa famille, pudiquement qualifiée par les services sociaux d'« inaptes à assurer le bien-être matériel et moral de leur fille mineure » et Charlène, parce que… La jeune fille n'évoque qu'aux forceps les raisons qui ont conduit à son inscription dans cet établissement, c'est d'ailleurs tout juste si Samantha connaît les bribes de son histoire. Charlène ne voit pas l'intérêt de disserter sur sa propre existence. Pour elle, ce n'est qu'une sorte de brouillon, une page pleine de ratures qui ne mérite guère mieux que la corbeille à papier. C'est pour cela qu'elle s'est inventé une autre vie, bien plus excitante à défaut d'être réelle. D'ailleurs, elle a soudain très hâte de retrouver cette autre moi qui l'attend sur sa page Instagram, aussi presse-t-elle le pas sur le bitume luisant du trottoir.

— Eh ! Qu'est ce qui te prend ? s'irrite Samantha en accélérant pour ne pas se faire distancer. Ne me dis pas que tu te magnes pour préparer le prochain contrôle de maths !

— Le contrôle de…

— Eh oh ! La terre ! Charlène, tu planes là ! J'y crois pas que t'as oublié qu'on avait bilan de maths !

— Si, avoue la jeune fille en relevant la bandoulière de son grand sac en cuir avachi sur son épaule. Ça m'était sorti de la tête…

— On a pourtant intérêt à assurer, la presse Samantha en relevant sa capuche bordée de fourrure synthétique sur ses cheveux dont la blondeur artificielle témoigne d'une coloration maison bon marché.

Ce n'est pas parce qu'elle n'a pas les moyens de s'offrir les services d'un coloriste professionnel qu'elle ne doit pas tout faire pour améliorer son apparence, n'est-ce pas ? Charlène se moque régulièrement des tentatives ratées de Samantha pour se dessiner un œil de biche ou se dégrader une mèche. Et en même temps, elle l'admire de trouver encore l'envie de prendre soin d'elle. Avec ce qu'elle a traversé, elle aurait pu venir grossir le groupe des traîne-savates qu'on voit affalés sur les bancs publics, voire à même l'asphalte, aux abords du lycée, le regard mauvais et l'injure au bord des lèvres. La plupart d'entre eux doivent leurs yeux sans vie aux substances illicites dont Charlène préfère éviter de savoir avec quelle monnaie d'échange ils se les sont procurées.

— Je te rappelle, poursuit Samantha, qu'avec notre moyenne actuelle, ils risquent de nous maintenir en première année. Tu imagines ? Un an de plus dans ce bahut, plutôt mourir !

Et Samantha de placer ses pouces sur sa gorge pour s'enserrer le cou, tout en mimant des signes d'asphyxie. Sa voisine laisse échapper un rire amusé à défaut d'être joyeux et répond :

— Merci de me l'avoir rappelé, je crois bien que sans toi, j'aurais zappé ce contrôle. Bon, il faut que je me presse si je veux avoir vingt demain !

— Ne rêve pas trop non plus ! Essaie déjà d'avoir dix, ce serait pas mal ! Moi, je vais demander à Fabien, le nouveau surveillant, de me donner un coup de main.

— T'as de la chance, moi je n'ai personne pour m'aider…

— De la chance d'être en foyer ? T'en as de bonnes, toi ! T'emballe pas, c'est pas Versailles, non plus !

— C'est quand même mieux qu'avant, prononce Charlène.

Elle voudrait ravaler aussitôt cette réponse déplacée. Samantha fait mine de ne pas avoir entendu, mais son air renfrogné exprime toute sa frustration. Son amie lui attrape le coude et l'attire vers elle.

— Désolée, ce n'est pas ce que je voulais dire…

— T'inquiète… De toute façon… termine Samantha, t'as pas complètement tort. Mais comme t'es méchante, reprend-elle avec une voix redevenue claire, je ne te laisserai pas tricher sur moi demain !

Charlène répond d'une bourrade dans les côtes de son amie, qui aussitôt porte la main à son flanc en piaillant qu'il faut appeler le Samu. Puis, avisant la mine inquiète d'une vieille dame tout de gris vêtue et légèrement voûtée, les deux sales gamines s'élancent sur le trottoir tandis que Charlène lance à l'adresse de la senior : « Z'inquiétez pas, m'dame, ma copine n'a rien, c'est juste une *drama queen* ! »

6

L'équipe de la sûreté – moins Jeanne toujours en télétravail – est installée en cercle autour de la table de réunion, dans un silence religieux tout à fait singulier au sein de ce service. Troublé par une tension telle qu'elle fait vibrer l'air surchauffé de la salle, Sylvère Pruteau, resté debout, se racle la gorge avant de commencer :

— Bonjour à tous, et merci d'avoir répondu présents aussi rapidement… Vous n'êtes pas sans savoir que la prise d'otages impliquant Jean-Louis Perrot a viré au fiasco…

Sa phrase est accueillie par un murmure assourdi qui ne l'encourage guère à poursuivre. Il est en effet habitué à un service plus connu pour ses coups de gueule que ses moments de recueillement.

— On a su pour Perrot, intervient Katell, la capitaine trentenaire, en malaxant nerveusement son éternelle longue tresse châtain. On espère qu'il va vite se remettre.

La mine grave, tous autour de la table opinent du bonnet. Plessix échange un regard ennuyé avec Pruteau, qui acquiesce d'un léger hochement du menton, avant de poursuivre :

— Si je vous ai réunis là aujourd'hui, c'est pour éclaircir certains points…

À nouveau, il doit évacuer le chat qui lui entrave la gorge.

— Perrot est sorti de l'hôpital.

Ils louchent tous en direction de Lefèvre, dont l'esquisse de sourire passe pour un aveu de complicité. Il ouvre les mains pour indiquer qu'il n'était pas autorisé à divulguer lui-même la nouvelle. D'un geste, Pruteau leur demande le silence.

— Lors de la prise d'otages, Jean-Louis Perrot a courageusement affronté le danger en allant au contact du forcené. Vous avez tous en mémoire la terrible explosion qui s'est ensuivie, ajoute-t-il tandis que les policiers opinent muettement. Miraculeusement, il n'a pas péri dans l'explosion, probablement du fait qu'il n'est pas entré dans le logement. En effet, lorsque le preneur d'otage lui a indiqué à travers la porte que celle-ci n'était pas verrouillée, il a donné un coup de pied pour la pousser, avant de se jeter prudemment en arrière. Bien lui en a pris car immédiatement, la bombe placée dans l'entrée s'est déclenchée.

— Et il est où en ce moment ? interrompt impatiemment Heurtel, la grande gueule du service.

— Il a été placé en sûreté à une adresse tenue secrète.

L'interrogation se lit sur les visages tendus. Heurtel insiste :

— Et pourquoi ça ?

— Pour la simple raison que Jean-Louis partage l'avis du procureur.

— À savoir ?

— Qu'il était la cible du meurtrier.

Lefèvre le dévisage sans comprendre.

— Le forcené, explique posément Pruteau en les regardant tour à tour, exigeait d'avoir un contact direct avec Perrot, il ne voulait négocier avec personne d'autre, et surtout pas avec un représentant du RAID. On peut dès lors imaginer qu'il avait un lien particulier avec le commissaire.

— Il cherchait à le supprimer, déchiffre Katell en remuant la tête d'incompréhension.

— C'est ce que nous en avons déduit, en effet. Voilà pourquoi il a été évacué de l'hôpital en toute discrétion et transféré dans un endroit tenu secret. C'est donc pour sa protection que je vous demanderai à tous la plus grande, je dis bien LA PLUS GRANDE DISCRÉTION, répète l'adjoint en martelant ses mots.

Comme un seul homme, les collègues acquiescent d'un hochement solennel du menton.

— Perrot, reprend Pruteau d'un ton grave, est actuellement dans un endroit dont nous sommes quatre à connaître l'adresse exacte. Son ex-femme et ses enfants le savent en vie, ainsi que Jeanne Sixte, mais tous ignorent le lieu de sa cachette. Heureusement pour nous tous, la presse a été tenue à l'écart de la suite donnée à cette affaire. Comme vous le savez, ils ont mentionné, sur les ondes et dans les journaux, la prise en otage d'une mère et de ses deux jeunes enfants dans un appartement de quartier. Avant d'annoncer, peu après l'explosion qui a soufflé ce même logement, ce que nous leur avons dit, à savoir que l'enquête n'en était qu'à ses débuts et que le commissaire avait fait preuve d'héroïsme en allant ainsi au-devant d'un individu menaçant. Cependant, vous connaissez les journalistes comme moi… On peut leur faire confiance, dans ce genre de circonstances, pour s'empresser de tirer des conclusions hâtives…

Il se racle à nouveau la gorge et conclut :

— Pour sa propre sécurité, Perrot va donc réduire les contacts téléphoniques ou autres avec nous, le procureur, le directeur régional et moi-même, au strict minimum. Voilà à peu près ce que je peux vous dire de la situation actuelle.

Plessix prend alors la parole :

— Naturellement, les gars…

— Et les filles ! ne peut s'empêcher de railler Fanny, la féministe du groupe enquête.

— …et les filles, bien sûr, ajoute Plessix sans sourire, si vous avez la moindre hypothèse concernant cet évènement et l'identité de ce type, toutes les informations sont bonnes à prendre…

7

Il apprend péniblement les bases de la clandestinité : ne plus se raser et adopter la casquette, troquer l'imperméable et les Paraboots pour le manteau trois-quarts en simili cuir noir et les santiags. Porter des lunettes aux verres neutres à l'intérieur et des lunettes fumées au-dehors. Payer en liquide, téléphoner avec une carte prépayée, ne plus consulter sa messagerie privée, se créer une autre adresse électronique. S'empêcher d'appeler ses enfants et ses proches. Le commissaire ne cesse de se demander s'il a fait le bon choix en s'excluant ainsi du monde des vivants. Il se sert une deuxième tasse de thé à l'orange, en regrettant celui qu'il a l'habitude de consommer chez lui, et qui n'a rien à voir avec ce sachet qui répand son parfum industriel au fond du bol en faïence de Quimper portant le prénom « Paul ». Il a trouvé ce meublé à Penmarc'h, sur un site de petites annonces, et s'est empressé de le prendre lorsque le propriétaire a accepté un paiement en liquide et n'a pas exigé de pièce d'identité. Sûrement un type qui n'a, lui non plus, pas trop intérêt à attirer l'attention. « Il doit tremper dans des magouilles qu'il préfère garder discrètes et, ironie de la situation, il doit penser la même chose de moi », grimace Perrot. La rue de la Joie déroule son ruban le long de la plage et s'ouvre en petites voies secondaires, idéales pour se cacher loin des regards indiscrets. Invisible de la D80, le hameau de résidences est totalement vide en cette période de l'année, et constitue ainsi un repli parfait pour un fugitif. Si la maison de location est modeste, elle est bien tenue et avenante, avec sa décoration typique du bord de mer dans les tons bleu et blanc. Perrot se dit que dans d'autres circonstances, il aurait certainement eu plaisir à passer quelques jours ici, à deux pas de la mer, avec Jeanne et leurs enfants. Il repousse son bol encore à moitié plein et se replonge dans le maigre PV dont il dispose pour mener ses investigations à distance.

Mardi 15 octobre, à 13 h 47, un individu appelait le commissariat de police de Quimper, déclarant tenir en joue une femme et ses deux enfants dans un appartement situé quartier Kermoysan. La communication était passée du logement de la dénommée Khedidja Mansour, qui s'avérait être la mère des deux enfants retenus en otages. Dès le début, l'individu demandait à s'entretenir de visu avec le central adjoint Jean-Louis Perrot, nommé en renfort depuis septembre à l'antenne de Quimper. Il exigeait que ce dernier se déplace jusqu'au domicile situé au troisième étage de l'immeuble des Lilas où l'homme et ses victimes étaient retranchés. Il insistait sur le fait que le commissaire devait absolument venir seul, et sans arme. L'individu affirmait qu'il ne parlerait à personne d'autre qu'à Jean-Louis Perrot et qu'aucune unité d'intervention ne devait agir. Cependant, le RAID ayant été dépêché sur zone dès le début de la prise d'otages, c'est un négociateur qui a pris la suite des opérations. Avant d'accéder à sa demande, le médiateur du RAID a exigé de l'individu retranché qu'il fasse entendre la voix des victimes, afin de s'assurer que celles-ci étaient toujours en vie. L'individu y a consenti et les policiers ont pu distinguer au bout du fil les prières de la mère et les pleurs des enfants. Néanmoins, l'homme, resté calme jusque-là, a soudain changé de comportement quand le négociateur a tenté de s'adresser directement à la femme otage. Le forcené a alors menacé d'exécuter ses victimes si le commissaire Perrot n'arrivait pas dans les plus brefs délais. Après consultation de ses équipes, le commissaire Perrot, en accord avec le directeur régional et le procureur, a décidé d'obéir aux injonctions de l'homme, et d'aller à sa rencontre. Il est arrivé sur site peu après, à bord d'un véhicule banalisé qui l'a discrètement déposé deux rues avant. Jean-Louis Perrot est entré dans l'immeuble, et a approché l'appartement où se trouvaient l'individu et les trois victimes, puis il a manifesté sa présence en criant à travers la porte. L'homme a répondu que celle-ci n'était pas verrouillée. Et c'est au moment où le commissaire Perrot donnait un coup de pied pour pousser la porte dont il venait de faire jouer la poignée que l'explosion a retenti dans l'immeuble. La déflagration s'est fait entendre jusque dans la rue où étaient stationnés les véhicules de police. Les premières constatations dans l'appartement ont été menées par les lieutenants Perdrel et Beaufort. Ces derniers n'ont pu établir le nombre de personnes présentes à l'intérieur au moment de la déflagration. Lorsque l'Identité judiciaire est entrée à son tour dans le logement, elle n'a pas non plus été en mesure d'asserter la présence d'une ou plusieurs personnes dans la place. Selon les premiers résultats, les décombres ne laissaient pas apparaître de traces de corps. Tout porterait donc à croire qu'il n'y avait aucun otage réellement retenu dans cet appartement de l'immeuble des Lilas. Quant au commissaire, il a été retrouvé, gisant inanimé à l'extérieur de l'appartement soufflé. Les secours ont constaté qu'il était toujours en vie, malgré des blessures apparemment graves.

Perrot referme lentement le dossier et s'enfonce un peu plus dans son fauteuil à haut dossier. La lecture du PV n'apporte aucune lumière nouvelle sur l'identification du malfaiteur. Cela pourrait être n'importe qui, de l'employé injustement licencié, décidé à faire entendre sa légitime réclamation, au Gilet jaune considérant que la cause commune n'a pas été entendue. Mais il ne faut pas non plus oublier que les mois précédents, le quartier a été secoué par des vagues de violence sur fond de guerre de territoires entre Roms, Albanais et Tchétchènes. Il pourrait donc aussi s'agir d'un membre de ces communautés voulant en découdre après une arrestation…

Perrot regarde le feuillet posé sur ses cuisses avec un serrement de gorge. Même s'il était préparé à lire la dernière phrase, il ne peut s'empêcher de ressentir une crainte un peu superstitieuse. Qui dans sa vie peut se vanter d'avoir été à deux doigts de lire son propre avis de décès ? s'interroge-t-il dans une tentative illusoire pour voir l'ironie derrière le macabre. Heureusement, se réconforte-t-il, ses enfants ne risquent pas de s'inquiéter pour lui car ils le croient actuellement en mission dans une zone où il ne peut être joint. Ils ignorent tout de son isolement volontaire et doivent profiter en ce moment des derniers rayons de soleil d'Andalousie. En outre, la presse internationale n'a pas dû relayer un fait divers d'une importance somme toute assez relative, aussi Clara ne risque-t-elle pas de déchiffrer un entrefilet parlant de ce commissaire français pris dans un guet-apens. En revanche, les journaux nationaux se sont aussitôt saisis de l'affaire de prise d'otages en Bretagne, comme il a pu le constater en lisant les quotidiens laissés par l'infirmière qui passe lui faire ses soins. À leur lecture, Perrot se réjouit que les consignes de discrétion entourant l'attaque dont il a été victime aient été respectées à la lettre. Aucun collègue n'a cherché à se faire mousser en répondant aux questions trop pressantes des journalistes embusqués au pied de l'immeuble pendant la pseudo prise d'otages. À première vue, rien n'a filtré dans la presse, car les bulletins d'information, tant à la radio qu'à la télévision, ont uniquement évoqué une prise d'otages qui, dixit les journalistes dépêchés sur les lieux, « *se serait terminée sans faire de victimes* ». Nul n'a, a priori, eu vent de l'absence de corps dans l'appartement soufflé par l'explosion, aussi l'affaire est-elle envisagée comme une tentative de prise d'otages et non comme une mise en scène glauque dont les fins restent encore mystérieuses. Certaines feuilles de chou se sont repues de l'histoire de « *ce commissaire prêt à donner sa vie pour sauver une mère et ses deux enfants.* » Le blessé espère que le ravisseur et ses éventuels complices ignorent encore ce qu'il est advenu de leur cible. Évidemment, songe-t-il en s'appuyant à l'accoudoir pour sortir de son fauteuil, on n'est jamais à l'abri qu'un téléphone portable indiscret ait filmé ce qu'il n'aurait pas dû voir…

8

Rattrapée par les aléas du quotidien judiciaire, la vie au service a repris un cours presque normal. Katell a tombé la veste et transpire dans le bureau exigu et surchauffé qu'elle partage avec Julien Heurtel. Ils ont les yeux rivés sur leur écran d'ordinateur respectif.

— On a du nouveau à propos du vieux bonhomme qu'on a déposé aux urgences dimanche soir ?

Surprise que son voisin ait deviné ce qui occupait justement ses pensées, Katell lève le nez, rejette sa tresse derrière son dos et secoue la tête en signe de dénégation :

— J'ai eu l'infirmière de liaison hier soir au téléphone, elle voulait savoir si on avait identifié le vieux monsieur. Je lui ai répondu par la négative, à la suite de quoi elle m'a annoncé que les Urgences ne pouvaient le garder indéfiniment et qu'aucun autre service n'était habilité à l'accueillir, puisqu'il ne souffre d'aucune pathologie physique.

— Ils vont le transférer en H.P. ?

— C'est ce qu'elle a laissé entendre…

— Remarque, qu'il soit là ou ailleurs… termine Heurtel avec un geste fataliste de la main.

— Tu n'as décidément pas de cœur ! Imagine que ce soit ton père !

— Au moins, il me foutrait la paix…

Consciente d'avoir appuyé sur un point sensible, la jeune femme choisit de ne pas insister et retourne à son ouvrage. Fille unique d'un couple l'ayant eue miraculeusement, alors qu'il pensait que les fées ne viendraient jamais se pencher sur leur toit, elle ne peut concevoir un seul instant qu'on puisse parler en ces termes de ses propres parents. Le sort de ce pauvre homme la taraude et elle se promet de faire son possible pour retrouver la trace des siens ou, tout au moins, le fil de son histoire. N'ayant, une fois n'est pas coutume, aucun dossier brûlant sur le feu, elle se sent libre de se fixer ses propres objectifs, et décide donc que la priorité du jour sera de retrouver la mémoire du vieil homme. Pour ce faire, il convient d'appeler sans délai tous les établissements hospitaliers à et autour de Quimper, ainsi que toutes les EHPAD du secteur, afin de découvrir si l'homme aurait pu échapper à la surveillance des employés avant de disparaître dans la nature. Bien sûr, le temps consacré à ce triste et somme toute banal cas de fugue sénile sera pris sur d'autres affaires bien plus urgentes, mais Katell en assume la responsabilité. De toute manière, elle sait ses chefs bien trop préoccupés par le sort de Perrot, actuellement terré dans un lieu tenu secret, pour se soucier de ses affaires courantes. Pour ne pas s'attirer les foudres de Heurtel, elle décide d'aller passer ses coups de fil discrètement, dans la salle de repos. Elle grimpe deux étages et pénètre dans la pièce dont l'éclairage, bien plus tamisé que dans les autres bureaux du commissariat, invite à la détente. On ne peut pas dire qu'un réel souci esthétique a présidé à la décoration, mais les fauteuils bas dépareillés ainsi que les reproductions colorées au mur contribuent à donner une impression de chaleur à l'ensemble. Elle se prépare une tasse de Nescafé, puis s'installe dans le petit canapé rouge sombre à l'assise défoncée, l'ordinateur posé sur la table basse devant elle. Elle se penche vers l'écran et fait aussitôt défiler la liste des hôpitaux et cliniques locaux, puis celle des maisons de retraite, et ne peut retenir un soupir découragé à la vue des lignes qui s'affichent sous ses yeux. Elle met cependant un point d'honneur à tous les appeler sans exception, qu'importe le temps que cela lui prendra. Ce n'est pas comme si quelqu'un l'attendait à la maison, n'est-ce pas ? Cette pensée l'assombrit aussitôt et lui fait penser que finalement, elle n'est pas sûre qu'ils seraient si nombreux que cela à remuer ciel et terre si elle venait à disparaître comme ce pauvre homme… Quand ses propres parents ne seront plus de ce monde, qui se souciera de son sort ? L'odeur de sa propre décomposition attirera peut-être l'attention de ses voisins, ou bien alors, son propriétaire, ayant décidé de vendre son bien, la retrouvera peut-être momifiée dans son appartement. Cela n'arrive pas que chez les autres, si ? Elle secoue la tête pour chasser cette éventualité macabre, redresse son dos et compose le premier numéro de la liste.

— Capitaine Katell Le Scornec du commissariat de Quimper. Avez-vous à déplorer la disparition d'un de vos patients ? Un monsieur d'environ soixante-dix, quatre-vingts ans, qui se serait enfui dans la nuit de dimanche à lundi.

— …

— Non ? Tant pis, merci quand même.

Au bout d'une heure et demie, elle a appelé tous les établissements de santé et à chaque fois, elle a reçu la même réponse : « Si nous avions perdu l'un de nos patients, nous en aurions fait le signalement auprès de vos services ! » Oui, naturellement, songe Katell, sauf qu'elle reste persuadée qu'on n'avise pas si rapidement le commissariat de police en cas de fugue d'un pensionnaire atteint d'Alzheimer. On espère toujours le récupérer sain et sauf à quelques encablures de l'endroit où il a disparu. La personne atteinte de ce genre de dégénérescence mentale agit la plupart du temps de la même manière : il ou elle se croit rajeuni de plusieurs années et va donc quitter la maison où il se trouve afin d'aller au travail, ou chercher les enfants à l'école ou encore rendre visite à ses parents dont il a oublié qu'ils sont allongés depuis vingt ans sous leur pierre de granit. Mais la personne désorientée n'ira pas très loin, soit parce qu'elle recouvrera un semblant de raison entre-temps, soit simplement parce qu'elle ne possède ni voiture ni argent pour se payer un ticket de bus. Katell soupire, fait rouler ses épaules en arrière, se lève pour aller faire pipi puis vient se rasseoir avec une seconde tasse de thé. Elle va à présent s'attaquer aux EHPAD et autres maisons de retraite. À nouveau, elle fait chou blanc et essuie la même réponse prononcée sur le ton de l'évidence. Elle se retient de répliquer que si tous les salariés de ces établissements pour personnes âgées étaient aussi soucieux du sort de leurs hôtes qu'ils voulaient le faire croire, alors certains scandales sanitaires récents n'auraient pas fait la Une des journaux. Les cervicales douloureuses à force de tenir le combiné à l'oreille, elle referme son ordinateur et jette un œil à l'horloge ridicule représentant un policier atteint de strabisme louchant sur sa montre-bracelet hissée sous son nez, qu'un collègue avait jugé bon d'accrocher au mur, un soir de beuverie célébrant le départ en retraite d'un brigadier. La pendule indiquant dix-huit heures trente bien passées, la jeune capitaine décide qu'elle ne fera pas de zèle aujourd'hui. L'histoire de ce pauvre homme, perdu autant dans sa tête que dans la ville, lui a soudain donné envie d'aller voir ses parents. Elle passera à l'improviste, nul besoin de les prévenir, sans quoi, elle sait sa mère capable de tambouriner à la porte de la boucherie déjà fermée pour exiger qu'on lui serve le meilleur rôti. Alors que Katell est résolument végétarienne depuis plus de trois ans…

Elle a passé une soirée tranquille chez ses parents domiciliés à Pluguffan, bien que ceux-ci aient de plus en plus de mal à voir leur quotidien bousculé, même par l'arrivée inopinée de leur fille chérie. Comme il fallait s'y attendre, Josette a tenu à faire un gâteau pour le dîner au lieu de rester tranquillement assise à discuter avec Katell autour d'un verre de cidre dont ils ont toujours une bouteille au frais, en cas de rare visite. La jeune policière a trouvé que le couple tournait un peu au ralenti, comme s'ils s'étaient tacitement mis sur le mode économie d'énergie. De crainte de se trouver contaminée par leur langueur, elle a avancé un prétexte pour s'éclipser plus tôt qu'elle l'avait prévu, le dîner à peine avalé. Ils n'ont pas compris qu'elle ne reste pas au moins regarder le journal télévisé avec eux ; il se passe tellement de choses dans le monde, on n'imagine même pas ! Mais elle a allégué un début de permanence à prendre avant vingt et une heures pour échapper à une ambiance familiale qui, pour la première fois peut-être, l'a étrangement remplie d'angoisse. Pendant qu'elle quittait le lotissement de ses parents pour prendre la direction du centre de Quimper, elle s'est demandé ce qui avait pu causer ce sentiment de tristesse diffuse, de soudaine inadéquation. L'image du vieux monsieur dont elle recherche actuellement l'identité en ce moment s'invite à cet instant dans son esprit, effectuant un de ces raccourcis dont seul l'inconscient a le secret. À nouveau, elle s'interroge sur cet homme égaré. A-t-il quelque part, comme son propre père qu'elle vient de laisser, une femme et une fille qui attendent son retour ? Elle songe avec rancune à la réaction inhumaine de son voisin de bureau, Julien Heurtel, qui a clairement exprimé son désintérêt pour le sort de ce pauvre homme. Comment peut-on faire à ce point preuve d'indifférence ? s'interroge-t-elle tandis qu'elle manœuvre dans sa rue pour glisser sa Fiat 500 dans l'emplacement qui lui est tacitement réservé puisque seul ce modèle d'auto peut s'y glisser. Elle a néanmoins compris à demi-mot que Julien n'avait sans doute pas eu de relations harmonieuses avec son père. Elle ne prendra pas de sitôt le risque d'aborder l'affaire du vieil homme inconnu avec lui. Elle continuera à mener ses investigations en solo et si elle doit aviser quelqu'un du résultat de ses recherches, ce sera uniquement le chef de groupe, Plessix. Elle rentre dans son petit appartement et va aussitôt allumer toutes les lampes d'appoint dans le salon. Une douce lumière caresse les meubles en pin dont elle a équipé la petite pièce qui ouvre sur un balcon étroit par une grande porte vitrée. Le salon a une vue dégagée sur le jardin de la résidence, bordé par de grands pins qui le camouflent de la rue. Elle se ruine en loyer mais elle tenait absolument à être à deux pas du centre-ville, et en même temps dans un endroit à l'écart de la frénésie urbaine. Avisant l'écran plat dont elle a récemment fait l'acquisition, elle s'apprête à attaquer la saison 3 de *The Crown*, la série britannique consacrée à la couronne d'Angleterre, quand finalement elle se ravise et décide de retourner à ce qu'il serait convenu d'appeler un cas d'apparition inquiétante, genre d'affaires qui – contrairement à son pendant antinomique – n'alimente que rarement la chronique des faits divers. Elle a exceptionnellement ramené un dossier en cours à la maison, elle qui a toujours mis un point d'honneur à laisser le quotidien professionnel sur le seuil de sa porte. Elle s'installe dans la longueur du canapé, un plaid sur les jambes, et une tasse d'infusion sur le bord du dossier. Elle se met à relire ses notes de manière scolaire, en pesant chaque mot du rapport établi par les collègues de la BAC qui ont ramassé le vieil homme en pardessus élimé et chaussures usées, quartier Saint Mathieu. Elle fronce un sourcil surpris : elle n'avait pas relevé ce détail, mais à présent, elle se dit que la tenue modeste du vieillard dénotait dans le quartier bourgeois où il a été trouvé. Cela tendrait à faire penser que le vieux monsieur s'est aventuré loin de son périmètre familier, alors que d'ordinaire, les malades d'Alzheimer s'égarent à une encablure de leur domicile. Comment se fait-il donc qu'un non-riverain désorienté ait pu atterrir là ? Elle avale une gorgée d'infusion aux fruits et garde sa tasse pensivement en coupe entre ses deux mains. Pourrait-on envisager que ce quartier lui ait été familier à un moment de sa vie et qu'instinctivement, il ait refait le trajet enfoui dans les strates de sa mémoire ancienne ? Possible… Mais tout de même, il aura bien fallu pour cela qu'il trouve un moyen de locomotion pour venir jusque-là. Or, il semble que l'homme soit frappé de mutisme, du moins il ne répond à aucune des questions qui lui sont posées, bien qu'il semble les entendre. À défaut de les comprendre… Car il adresse un vague sourire poli à quiconque lui adresse la parole, sans que l'on puisse déterminer s'il en saisit le sens.

9

Jeanne étant officiellement en télétravail, ils n'ont pu se rencontrer au commissariat, et se sont donné rendez-vous au Café du Finistère, place Saint-Corentin. Jeanne est arrivée légèrement en avance et sait que Lefèvre pénétrera à l'heure dite dans l'établissement uniquement fréquenté par une poignée d'habitués en ce milieu d'après-midi hors saison. Confortablement enfoncée dans un fauteuil club en cuir brun, elle promène son regard des tableaux d'hommes à l'élégance début de siècle accrochés aux murs, au comptoir derrière lequel le serveur s'affaire sans bruit. Comme prévu, à quinze heures précises, la silhouette étroite de Lefèvre entre dans le bar, emmailloté dans sa parka et ses trois tours d'écharpe. Il la salue d'un coup de tête et s'assoit en face d'elle. Dans son dos, à travers les fenêtres en demi-lune, se déploient les deux flèches de style gothique flamboyant de la cathédrale Saint-Corentin. Entre la basilique et le Café du Finistère, sur la place pavée, sommeille sous sa bâche le carrousel 1900 qui réveillera ses chevaux de bois et autre sous-marin inspiré par Jules Verne, le mercredi après-midi.

— Café ?

— J'ai déjà commandé un thé, merci.

— Garçon ! Café, s'il vous plaît, avec quatre sucres. Et si vous avez un croissant qui traîne…

Malgré la tension qui l'habite, Jeanne esquisse un rictus amusé. L'appétit d'Hubert Lefèvre n'est décidément pas une légende.

— Alors ? demande celui-ci sans préambule.

— Je t'ai dit hier au téléphone le peu que je savais.

— De mon côté, j'ai essayé d'en apprendre davantage, mais le secret de sa mise en sûreté a été bien gardé. Tout le monde à l'extérieur du service croit qu'il a succombé dans l'explosion.

Elle ne peut réprimer un frisson rétrospectif. Elle avale un peu de thé pour se ressaisir et regarde autour d'eux la vie normale qui suit son cours. Quand se retrouveront-ils tous les trois ainsi autour d'un café ? Quand et, surtout, est-ce que… Elle secoue la tête pour écarter la vague d'angoisse qui s'apprête à nouveau à l'engloutir. L'image de Lefèvre affairé à remuer son café sirupeux, comme si rien ne pouvait l'atteindre, la rassérène un peu.

— On ne peut pas rester là sans rien faire, plaide Jeanne en ouvrant les mains.

Il acquiesce d'un mouvement de tête. Du croissant ne restent que quelques miettes près de sa tasse. Il louche en direction du comptoir où le narguent d'autres viennoiseries sous leur globe de verre. À regret, il ramène les yeux vers Jeanne, qui se tord les mains d'anxiété de l'autre côté de la table.

— Tu penses à quoi, précisément ? s'enquiert Lefèvre, redevenu pleinement attentif.

— Vous avez longtemps fait équipe…

— Oui, et alors ?

— Tu le connais mieux que personne.

Il avance la lèvre inférieure, comme s'il mettait en doute cette affirmation.

— D'un point de vue professionnel, j'entends.

— Là-dessus, je suis d'accord. Mais où veux-tu en venir ?

— La fausse prise d'otages, l'explosion bidon, le scénario, tout ça fait penser à un règlement de compte personnel, non ?

— Jusque-là, je te suis, fait Lefèvre sur un ton interrogatif.

— Si c'est une vengeance personnelle, c'est peut-être l'œuvre d'un type que Jean-Louis a interpellé et fait condamner au cours de sa carrière.

Lefèvre la dévisage avec un air ébahi :

— Tu te rends compte, j'imagine, que ça fait un sacré paquet de coupables en puissance !

La voix de Jeanne baisse d'une octave pour demander :

— Ça en fait tant que ça ?

— Plus que ça !

Elle se laisse aller contre le dossier de son fauteuil.

— Alors, il n'y a rien à tenter ?

— Je n'ai pas dit ça.

— Ah, mais je croyais… reprend Jeanne avec un regain d'espoir.

— On va essayer, la coupe Lefèvre avec assurance. Évidemment, qu'on va essayer. Mais pour remonter jusqu'à ce ou ces types, il faut qu'on en sache davantage sur le mode opératoire du preneur d'otages.

— Comment comptes-tu t'y prendre ?

— C'est là que tu interviens.

— Je ne vois pas comment…

— Tu demandes un entretien avec le central et tu lui tires les vers du nez.

— Pruteau ne dira rien, j'ai bien compris que tout cela était ultra-confidentiel.

— Tu es la compagne effondrée de Perrot, tu as besoin de savoir ce qui s'est passé pour essayer de comprendre. Tu expliques que c'est trop difficile de ne pas savoir si tu reverras Jean-Louis un jour et que pour tenir le coup, tu as besoin d'en savoir plus sur les circonstances de l'attentat. Et bla bla bla et bla bla bla…

— Je vois. Mais ensuite ? Quand j'en aurai appris davantage ? Si j'en apprends davantage…

— On fera des recoupements avec d'anciennes affaires sur lesquelles on a planché ensemble et on trouvera peut-être un point commun. On en reparle bientôt ? conclut-il en posant trois euros dans la soucoupe.

— Bien sûr, Hubert, bientôt.

Jeanne a demandé rendez-vous à Sylvère Pruteau, à qui elle n'a pas encore eu l'occasion de parler en tête-à-tête depuis sa prise de fonction. Il l'attend, assis derrière son bureau, occupé à nettoyer ses lunettes rondes. Sous la petite moustache se dessine une tentative de sourire, mais on sent que l'homme est tendu et n'a que peu de temps à consacrer à la visiteuse. D'autant qu'il connaît les liens qui l'unissent à Perrot. La femme qui se tient dans l'embrasure ne ressemble pourtant pas à l'idée que l'on se fait d'une compagne terrassée par l'inquiétude d'avoir failli perdre un être cher. Le calme de Jeanne force l'admiration.

— Installez-vous, madame. Vous avez cherché à me voir ?

— Bonjour, monsieur, oui, merci de m'accorder un instant. Vous devinez sans doute pourquoi je suis là.

— Il s'agit de ce pauvre Jean-Louis, bien sûr…

Elle opine avec toute la gravité qu'on attend d'elle en ce genre de circonstances. Le commissaire central lui sait gré de cette attitude pudique. Il aurait détesté devoir essuyer les larmes de cette femme qui, après avoir manqué perdre son compagnon, le sait encore sous la menace de terroristes invisibles.

— Oui, il s'agit de lui. Ou du moins des circonstances de l'attaque dont il a été victime. Jean-Louis m'a appelée pour me faire savoir qu'il était toujours vivant, mais pour le reste, je ne vous cache pas qu'il s'est montré plus qu'évasif…

Immédiatement, Pruteau s'est raidi sur son siège, et serre les lèvres de contrariété. Elle feint de ne rien percevoir de cette tension et continue.

— Voilà, je sais que rien ne pourra effacer ce qui s'est passé, mais…

Elle a mis dans sa voix le trémolo d'une femme qui a échappé de justesse au statut de veuve. Elle soupire, se mord la lèvre et reprend d'une voix brisée par l'émotion :

— Si au moins je pouvais connaître le détail des derniers instants avant l'explosion, je pense que cela faciliterait un peu les choses.

Pruteau s'est appuyé à son dossier et fait tourner ses pouces entre ses mains jointes. À contrecœur, il essaie de trouver la formule qui pourra apaiser l'inquiétude légitime de Jeanne sans rien dévoiler des circonstances du pseudo-décès de Perrot.

— Je crains qu'il n'y ait malheureusement pas grand-chose à en dire… Vous avez lu les journaux, entendu les flashs info à la radio.

Le découragement, sincère cette fois, envahit les traits fatigués de Jeanne. Elle plaide d'une voix altérée :

— C'est sans doute égoïste, mais j'espérais alléger un peu mon angoisse…

Il la regarde et est saisi par la douleur de la femme frêle assise devant lui, les mains inconsciemment serrées en prière. Après tout, réfléchit-il rapidement, il peut lui donner quelques informations, cela ne nuira pas à l'enquête en cours et permettra néanmoins à Jeanne d'aller mieux. Il inspire lentement, pose les mains à plat sur le bureau et explique :

— Jean-Louis a été personnellement demandé par le ravisseur, qui a téléphoné au commissariat depuis l'appartement où il disait retenir des otages. Il affirmait ne vouloir s'entretenir qu'avec Perrot, et refusait de discuter avec un négociateur du RAID. Jean-Louis y est allé… sous escorte discrète, ajoute rapidement Pruteau comme pour se dédouaner. Il est monté et à partir de là, plus rien.

— Comment ça, « plus rien » ? Il n'était pas en ligne avec vous ?

— Si, jusqu'à un certain moment, puis on a entendu l'explosion et le contact a été rompu.

— Et vous l'avez trouvé dans les décombres, conclut Jeanne d'une voix atone.

— Oui, il était déjà inanimé. Nous l'avons ensuite fait évacuer à l'hôpital.

— Et le preneur d'otages ?

Pruteau écarte les mains en signe d'ignorance.

— Vous voulez dire que lui n'a pas péri dans l'explosion ? demande-t-elle en feignant la surprise.

— Son corps n'a pas été retrouvé, réplique laconiquement Pruteau en croisant puis recroisant ses jambes sous le bureau.

— Je vois… Et il n'a pas formulé de revendications ?

— Aucune.

— On ne sait donc pas pourquoi il insistait pour se confronter personnellement à Jean-Louis…

— Je le crains. Et je suis désolé que vous n'ayez pu assister à la réunion de crise qui a suivi.

— Je n'ai effectivement pas compris pourquoi j'étais tenue à l'écart, prononce-t-elle sourdement. On m'a juste parlé de soucis de sécurité.

— Le ou les terroristes ont dû apprendre que Jean-Louis n'avait pas succombé à ses blessures.

— Oui, et alors ?

— Étant donné le caractère apparemment personnel de cette attaque, nous ne pouvons exclure une nouvelle offensive de leur part. Et le fait que vous soyez proche de Jean-Louis fait malheureusement de vous une victime potentielle.

— Je comprends mieux. J'espère qu'on va vite retrouver l'ordure qui a failli tuer Jean-Louis.

— Nous allons tout faire pour, Jeanne, assure le commissaire central en s'autorisant pour la première fois à l'appeler par son prénom.

Elle tourne les talons puis fait volte-face pour demander négligemment :

— Au fait, l'appartement où il l'a fait venir était-il son domicile ?

— Oui, répond Pruteau en la regardant franchement dans les yeux.

Elle devine qu'il ment et il devine qu'elle le sait. Mais la conversation s'arrêtera là.

*

Elle est rentrée chez elle pour trouver sa mère affalée dans le noir devant la télévision, sur le canapé avachi dont la teinte bordeaux n'est plus qu'un lointain souvenir. Rosie a fait mine de se réjouir du retour de sa fille au bercail, mais sa bonne humeur sonnait aussi désespérément faux que d'habitude. Rose (Rosie pour les intimes) Le Meur est atteinte d'une dépression qui la ronge depuis de nombreuses années ; en fait, Charlène ne se souvient pas l'avoir jamais vue en possession de tous ses moyens. « Pourtant, j'imagine qu'elle n'a pas toujours été cette loque », songe la jeune fille en allumant d'autorité le plafonnier, déclenchant ainsi le coutumier cri de protestation « Aïe, mes yeux ! Quel besoin t'as donc d'allumer ! Et puis, tu sais ce que ça coûte, l'électricité ! » Comme chaque soir, l'adolescente ne répondra pas, mais ira poser un baiser glacé sur le front de sa mère. Souvent cette dernière lui attrape mollement le bras pour la forcer à s'asseoir près d'elle et discuter. Mais pas aujourd'hui. Elle semble encore plus absente que d'ordinaire. « Elle a dû forcer sur le valium », en conclut Charlène en ramassant la veste en bouclette acrylique grise qui a glissé du dossier d'une chaise.

Elle passe à la cuisine, se sert un grand verre de lait, attrape un sachet de quatre biscuits aux céréales et grimpe dans sa chambre. Ce soir, Rosie s'endormira vraisemblablement sur le canapé, sans même dîner, et demain matin, elle n'entendra même pas sa fille partir au lycée. Il y a certains jours comme ça… Charlène se laisse tomber sur son lit où sourit une ribambelle de petites princesses roses sur fond tout aussi rose et attrape son sac de cours. Elle se met à lire sa leçon de maths en vue du contrôle, mais son esprit s'égare aussitôt pour se perdre dans un monde où les équations du premier degré n'existent pas. Elle avale son goûter et, tout en se maudissant pour son manque de volonté, s'installe devant son ordinateur. La petite lueur qui clignote dans la fenêtre à droite l'emplit soudain d'une excitation fiévreuse. Aussitôt, elle se connecte et laisse courir ses doigts graciles sur le clavier. « Princecharmant » – quel pseudo débile, se dit-elle comme à chaque fois qu'elle lit ce nom – l'attendait de pied ferme.

– Salut, Charlaine29, comment s'est passée ta journée ?

– Tranquille, normal. J'ai eu cours, quoi.

– Pas très passionnant tout ça, on dirait ?

– Surtout quand on est dans ma formation. Je déteste !

– Tu ne l'as pas choisie ? Qui a décidé de cette orientation ?

– Les profs…

– Et ta mère ?

– Pfff… elle sert à rien…

– Ça veut dire quoi ? Elle ne s'occupe pas de toi ?

– Elle arrive déjà pas à s'occuper d'elle… Elle pionce toute la journée.

– Elle est malade ?

– Nan, elle dort, c'est tout. Parce qu'elle est déprimée.

– Tu sais pourquoi ?

– M'en fous…

– Personne ne s'occupe de toi, je veux dire à part tes profs ?

– Si, l'assistante sociale, vite fait, mais c'est une naze. Toute manière, j'ai besoin de personne, j'me débrouille très bien toute seule. Bon, allez, il faut que j'aille travailler.

– D'accord, bon courage !

– Merci !

Elle se déconnecte lentement, en pensant à cet inconnu avec qui elle a commencé à discuter il y a quelques semaines et dont elle se surprend à guetter l'icône des messages sur l'écran dès qu'elle rentre chez elle. Elle sait que c'est idiot de s'attacher comme ça à quelqu'un qui n'est peut-être pas du tout ce qu'il prétend être. Elle a vu des reportages comme ça sur Internet, ces filles victimes de pervers qui chassaient sur le Web. Mais elle n'est pas née de la dernière pluie et se rendrait compte si elle avait affaire à un pervers… Non, c'est juste un type qui doit s'ennuyer, soit parce qu'il n'a plus de travail, soit parce qu'il n'a pas de famille. Soit les deux à la fois. Ou alors, rien de tout cela, il peut s'agir d'un homme qui aurait aimé travailler dans le social mais qui n'a pas eu la chance de faire le métier qui le faisait rêver, et aujourd'hui, peut-être parce qu'il est trop timide pour offrir son aide bénévole dans un centre social, préfère échanger anonymement avec des âmes en détresse. Elle repousse le clavier d'ordinateur et, sans entrain, ouvre de nouveau son manuel de mathématiques. Le bruit de la télévision qui traverse le plancher lui fait soudain imaginer sa mère, vautrée sur le canapé, l'œil morne et le cheveu gras, et cette simple image suffit à lui redonner un peu de motivation. Le spectacle de Rosie vidée de toute substance devrait avoir l'effet inverse sur elle, mais Charlène, du haut de ses seize printemps, refuse de céder à la facilité du laisser-aller. « Assez d'un déchet dans la famille, pas besoin d'en rajouter », se dit-elle en mordant son stylo avec une rage contenue. Parfois, malgré les défenses qu'elle a construites autour d'elle, elle se demande si les choses n'auraient pas été différentes si son père n'était pas sorti de leur vie. D'accord, il paraît qu'il ne valait rien, c'est ce que sa mère lui avait toujours répété. D'ailleurs, il n'avait jamais cherché à revoir sa fille, c'était bien là le signe que ce type était sans intérêt. Il n'empêche. Il aurait peut-être été agréable d'avoir des réunions de famille, des cousins avec lesquels chahuter, des grands-parents chez qui aller ouvrir les cadeaux de noël. Car Charlène a un grand-père quelque part, un grand-père, qui, lui non plus, n'a jamais fait l'effort de la rencontrer, et pourtant, qui sait, il était peut-être sympa, ce grand-père. Après tout, elle s'est fait des idées sur ces gens sans avoir jamais eu l'occasion de les vérifier par elle-même. Alors parfois, un regret doux-amer se glisse entre les briques mal jointes de sa forteresse et menace d'en fragiliser la structure.

10

— Il a menti de manière éhontée, rapporte Jeanne qui vient d'appeler Lefèvre.

Elle s'est installée sur le canapé du salon, un plaid en fausse fourrure soyeuse écrue remonté sur les cuisses.

— Normal.

— Oui, je suppose… En attendant, je n'ai pas pu lui soutirer beaucoup d'informations.

— C'était à craindre.

— Je sais juste que l'individu a fait monter Jean-Louis en exigeant qu'il vienne seul et en insistant pour ne parler qu'à lui.

— Tu as appris quelque chose sur le type ?

— Simplement que son corps n'aurait pas été retrouvé dans les décombres.

— En revanche, les prélèvements sur site auront peut-être permis de relever des empreintes exploitables.

— Je ne sais rien de ce côté, avoue Jeanne avec regret.

— Est-on certain que le ravisseur était bien dans l'appartement au moment de l'explosion ? L'a-t-on aperçu à une fenêtre, par exemple ?

— Je ne sais même pas si l'hypothèse de son absence a été envisagée.

— Il aurait parfaitement pu appeler d'ailleurs et déclencher la bombe à distance…

— Effectivement, je suppose que c'est possible, répond Jeanne dans un frisson en remontant la couverture un peu plus haut. Mais tu sais, Pruteau s'est montré aussi peu loquace que prévu… Je crois qu'il cherche avant tout à me tenir loin de l'enquête.

— Travail et sentiments ne font pas bon ménage, conclut Lefèvre avec philosophie, en particulier dans notre métier…

Elle acquiesce muettement en regardant le crépuscule descendre sur les toitures d'en face, percées de lucarnes déjà éclairées. Sur les trottoirs luisants de pluie, on se presse, frileux et fatigués sous les parapluies, pour aller acheter la dernière baguette de la boulangerie.

— Tu sais, poursuit Lefèvre, je pense aller fureter du côté de l'immeuble où a eu lieu l'explosion.

— Vraiment ?

— J'imagine que l'endroit est de moins en moins bien gardé, et, si j'en crois mes sources, le bâtiment n'aurait pas été évacué. Rien ne m'empêche d'aller poser quelques questions aux voisins… J'irai demain.

— Tu me tiens au courant ?

— Compte sur moi.

*

La monochromie grise domine la perspective, tout en angles abrupts et allées rectilignes. L'itinéraire du bus coupe l'avenue en deux voies bordées d'abribus aux vitres plus ou moins brisées et plus ou moins taguées. Quelques petites échoppes, installées dans la galerie à l'aplomb d'une des barres d'immeuble, tentent de survivre face aux mastodontes de la grande distribution à quelques kilomètres de là, et ne sont parfois que des façades pour couvrir des commerces moins licites. On croise quelques femmes voilées qui longent les murs pour se faire oublier tandis que leurs fillettes encore libres font voler leurs jupes colorées en dansant. De vieux Arabes sont assis en terrasse, occupés à discuter devant leur tasse de café ou de thé à la menthe. Des jeunes femmes européennes ou d'origine étrangère poussent leur landau tranquillement, en attendant l'heure d'aller chercher les aînés à l'école. L'atmosphère du quartier semble plutôt bon enfant, à condition bien sûr de ne pas trop s'approcher de certaines cages d'escalier investies par des caïds. En outre, la cité de Kermoysan a récemment fait la Une des journaux, suite à plusieurs épisodes de violence entre habitants et forces de l'ordre. Le quartier, généralement plutôt calme, était soudain traversé de rodéos en moto-cross qui suscitaient l'exaspération légitime des riverains. Ceux-ci avaient fini par demander l'intervention de la police, et avaient malgré eux mis le feu aux poudres. Une nuit d'émeute s'en était suivie, ponctuée de caillassage de CRS et d'incendies de voitures. En arrivant au pied de l'immeuble abritant l'appartement qui a été soufflé, Lefèvre constate qu'il n'a pas été vidé de ses occupants, les services de la DDCSPP[2] ayant jugé que la structure du bâtiment n'était pas en péril. Ou alors, pense cyniquement Lefèvre, dans la hiérarchie du processus de relogement, les services municipaux n'ont pas jugé ces familles défavorisées comme prioritaires. Les fenêtres de l'appartement où a eu lieu la pseudo prise d'otage sont béantes et donnent à voir les lambeaux de stores à demi consumés. De longues langues noirâtres viennent lécher les murs qui sont restés debout en dépit de l'explosion, laissant supposer que l'assaillant n'a pas utilisé d'explosifs de grande puissance ni à longue portée. L'immeuble étant toujours occupé, nul cordon de police n'en interdit plus l'accès. De jeunes enfants s'ébattent sur le tourniquet à la peinture écaillée planté au centre d'une petite aire de jeux gravillonnée. Une mère aide son fils au blouson orné d'un dessin de superhéros à glisser sur le toboggan dont il a l'impression qu'il est aussi périlleux que les montagnes russes. La femme au visage fatigué rit de ses cris d'effroi et de joie mêlés. D'autres mères discutent tranquillement sur les deux bancs en angle, oublieuses du reste du monde. Lefèvre se sent soudainement replongé trente ans en arrière, dans un petit square identique d'une cité jumelle, où sa propre mère papotait avec d'autres mamans tout en surveillant distraitement leurs progénitures aux genoux écorchés. Hubert Lefèvre, qui a grandi dans une banlieue rouge de

2. Direction départementale de la cohésion sociale et de la protection des populations, anciennement la DDASS.

la grande couronne parisienne, se souvient comme la vie pouvait y être douce, malgré un paysage sans attrait. Avec une pointe de nostalgie inattendue, il se remémore les voisins qui vous voyaient grandir et faisaient tout leur possible pour s'entraider. Comme aujourd'hui sans doute, l'esprit de solidarité n'était pas un vain mot. En outre, à Kermoysan, comme dans la cité de son enfance, le décor n'aurait pas inspiré les Impressionnistes, mais il savait révéler ses charmes à qui voulait bien l'étudier de près. Ici comme là-bas, le moindre parterre de fleurs ou arbre florissant donnaient l'impression que la nature était un bien partagé par tous, et que l'on voyait s'épanouir puis s'étioler au rythme des saisons.

Le cri d'un enfant qui vient de s'ouvrir le genou sur les petits cailloux de l'aire de jeu arrache Lefèvre à ses souvenirs. Il décide de pénétrer dans l'immeuble, mais comme il fallait s'y attendre, l'accès de celui-ci est contrôlé par un digicode. Il jette un regard circulaire, hésitant à demander à l'une des mamans du petit square de déverrouiller la porte pour lui. Mais il sait qu'aucune n'obtempérera, à moins qu'il dégaine sa carte tricolore. Or, sortir sa carte de police serait le pire moyen pour attirer l'attention sur lui et n'obtenir aucune information. Il ne lui reste d'autre choix que de sonner à l'interphone au hasard. La troisième sonnette est la bonne ; de sa voix la plus aimable, il se présente comme le réparateur du câble d'une locataire du troisième dont il vient de lire le nom sur une mauvaise étiquette presque décollée. Le voisin déverrouille sans méfiance la porte qui s'entrouvre en grinçant sur des joints mal huilés. Lefèvre s'attendait inconsciemment à respirer un mélange de tabac, cannabis et parfums d'épices orientaux, mais c'est plutôt une odeur de moisi qui imprègne l'atmosphère, mêlée à une senteur indéfinissable, résistante au parfum d'eucalyptus de synthèse du nettoyant pour sol. Autre surprise, il n'y a aucun comité d'accueil à devoir contourner dans le hall d'entrée. Si le trafic d'herbe et autres substances est actif dans le quartier, la plaque tournante ne se trouve vraisemblablement pas dans cet immeuble. Peut-être qu'ici, comme dans d'autres cités de l'hexagone, un comité de mères Courage veille au grain, sortant les griffes à l'encontre de quiconque essaierait de venir pervertir leurs gosses. Au fur et à mesure qu'il se rapproche de l'appartement soufflé, l'odeur de brûlé se fait plus prégnante et il comprend alors que c'est là l'effluve qui couvrait celle du produit d'entretien. Le lieu de la prise d'otage est barré par un cordon de sécurité en croix sur ce qui fut une porte d'entrée. À l'intérieur, on aperçoit l'ampleur des dégâts : la suie sur les murs partiellement détruits, les gravats jonchant le sol, les meubles brisés, les objets réduits en miette. Du tas de cendre et de poussière surnagent quelques objets hétéroclites du quotidien, étrangement intacts : une canette de bière, un carton de pizza à emporter, une chaussure esseulée, des boîtiers de DVD. Bien que mourant d'envie d'y pénétrer, Lefèvre se retient. Il n'est pas saisi de l'enquête, aussi n'a-t-il pas autorité pour fouiller l'appartement en ruine. En revanche, rien ne l'empêche vraiment d'aller poser deux ou trois questions à des voisins loquaces… Aussitôt, il frappe à la porte de droite, sur laquelle un joli dessin d'enfant indique le nom du locataire. Mais personne ne répond, soit parce que le logement est effectivement inoccupé à cette heure, soit parce qu'ici, on n'a pas l'habitude d'ouvrir lorsqu'on n'attend pas de visite. Il a plus de chance de l'autre côté du palier. Un homme dont le tee-shirt blanc tire sur sa bedaine ouvre la porte avec un œil circonspect. À l'arrière-plan, on entend les vociférations de quelque jeu télévisé.

— Bonjour, se présente Lefèvre en tendant une carte de visite factice et en désignant sa mallette dans l'autre main, je suis technicien du câble et j'avais rendez-vous aujourd'hui pour un réglage chez Khedidja Mansour. Personne n'a répondu quand j'ai sonné, un aimable voisin m'a laissé entrer. Mais que s'est-il passé ici ? On dirait qu'il y a eu le feu ?

— Lisez pas les journaux ?

— Si, enfin, pas trop la presse locale…

— C'était pas un incendie, c'était une explosion, résume l'homme avec la volonté manifeste de retourner rapidement à son programme télé.

— Ah ! Une installation au gaz défectueuse, comme d'habitude, réplique Lefèvre avec fatalisme.

— Appelez ça comme vous voulez.

— Je ne comprends pas bien…

— C'était un acte criminel, explique l'homme en prononçant le dernier mot avec un plaisir évident. Une prise d'otage.

— Ah ben, ça alors ! J'étais loin de me douter… Il y a eu des victimes ?

— Ouais, on a vu une civière sortir de l'immeuble, acquiesce gravement l'homme.

— Il n'y a eu qu'une victime ?

— Ça vous suffit pas ?

Lefèvre laisse échapper un petit rire.

— Disons que quand vous avez dit « prise d'otage », j'ai forcément pensé à plusieurs personnes impliquées…

— Remarquez, nous aussi, concède l'homme en tirant sur son tee-shirt, on a trouvé bizarre de voir qu'une civière et aucune personne menottée.

— Peut-être que c'est précisément le ravisseur qui est mort ?

— On n'en sait rien, avoue le voisin, on nous a juste dit qu'heureusement, c'était pas la locataire la victime.

— Et où habite donc cette pauvre femme, maintenant qu'elle n'a plus de toit ?

— J'en sais rien, répond l'homme en haussant une épaule, et j'vous dirais que j'ai pas trop envie d'savoir !

— Bon, fait Lefèvre avec un air contrit, je me suis déplacé pour rien.

Il fait mine de tourner les talons puis se ravise pour demander :

— Il faudrait tout de même que je contacte cette dame pour le câble. Vous ne savez pas qui pourrait me donner son adresse ?

— Vous pouvez p'têtre essayer à l'étage du dessous. Malika connaissait bien Khedidja.

L'homme se mord la lèvre en s'entendant parler à l'imparfait, mais Lefèvre évite de relever ce détail.

— Merci, monsieur.

Lefèvre descend les quelques marches menant au second étage et sonne à la seule porte avec un nom arabe sur la plaque. Elle s'ouvre aussitôt sur une jeune femme à l'air fatigué malgré le trait de khôl qui fait ressortir ses yeux d'un noir profond. Ses traits sont fins, ses cheveux foncés ramassés en une haute queue-de-cheval.

— C'est pour quoi ? soupire-t-elle plus qu'elle ne demande.

— J'avais une intervention prévue chez votre voisine du dessus, Khadidja Mansour, mais personne ne m'a prévenu que c'était annulé…

— Elle n'est pas là, répond laconiquement la femme.

— J'espère pour elle, sourit Lefèvre avec un air encourageant.

Elle observe le jeune technicien mal attifé, arrimé à sa mallette et semble soudain mise en confiance.

— En fait, *Inch Allah*, elle n'était pas là au moment de l'explosion.

— Quelle chance ! acquiesce Lefèvre en hochant vigoureusement la tête. Elle aurait pu y passer…

— Y en a un qui était là, répond sombrement la femme en dirigeant son menton vers le plafond.

— Son mari ?

— Khedidja est divorcée.

— Ah ! J'espère que ce n'est pas son enfant ?

— Non, Khedidja n'était pas là au moment de l'explosion.

— Je n'avais pas eu vent de cet évènement avant tout à l'heure, avoue Lefèvre, mais le voisin du dessus m'a parlé d'une prise d'otage. Vous savez qui était retenu ?

Elle fait entendre un petit bruit de bouche avant de répondre :

— On ne nous a rien dit. On a lu les journaux, comme tout le monde, mais on n'a pas su qui avait été séquestré. À croire qu'il ne s'est en fait jamais rien passé…

Lefèvre la dévisage, incapable de déchiffrer l'expression de la jeune femme. A-t-elle prononcé ces mots sans arrière-pensée ou a-t-elle réellement des doutes sur cette pseudo prise d'otage ? Elle lit l'interrogation sur son visage et rectifie aussitôt :

— Évidemment, on sait bien qu'il y a eu cette terrible explosion qui a détruit l'appartement de Khedidja. Et puis, on a tous vu cette civière que les pompiers ont sortie de l'immeuble. Mais, poursuit-elle en fronçant les sourcils avec perplexité, depuis, aucune info. Rien.

— Et de votre voisine Khedidja ?

Elle remue lentement la tête en avançant une moue désolée.

— Bien, je ne vais pas abuser davantage de votre temps, dit Lefèvre en récupérant sa mallette sur le sol à tout petits carreaux marron et blanc. Et je dirai que l'essentiel, c'est que votre amie se soit trouvée à l'abri dans un autre coin de Quimper pendant l'attaque.

Il bluffe sans savoir si elle va mordre à l'hameçon. Mais Malika lâche sans détour :

— J'ai jamais dit qu'elle était à Quimper, elle se trouvait au bled[3] avec ses deux enfants pendant la prise d'otages.

— Ah !

— J'voulais juste dire qu'on n'a pas su qui était chez elle pendant son absence…

De crainte de finir par éveiller les soupçons de la voisine du second, Lefèvre remercie et quitte

---

3. Le terme arabe bled désigne « la ville », « la région », mais aussi « le pays ». Source Wikipédia.

l'immeuble. Dans le petit square, il n'y a plus personne, seul un ballon rouge abandonné et une moufle perdue attestent qu'il a été fréquenté un peu plus tôt. Il retourne à sa voiture avec l'impression désagréable de ne pas avoir appris grand-chose. Mais avec une furieuse envie de s'offrir un pain au chocolat format XL.

11

À l'abri de sa maisonnette confortable, Perrot sent qu'il reprend peu à peu des forces. Néanmoins, malgré un tempérament solitaire, l'isolement commence déjà à peser au blessé, qui guette avec impatience la venue quotidienne de l'infirmière assermentée. Afin de ne pas attirer l'attention des rares voisins, celle-ci passe à la nuit tombée lui faire ses soins et lui donner son repas. La soignante, truculente et pleine de vie, est comme une bouffée d'oxygène qui met de l'animation dans la maison et permet au reclus de garder le moral. Ce soir, elle est restée presque une heure et c'est avec une pointe de regret qu'il regarde la sympathique femme sortir de la maison. Lorsqu'elle a ouvert la porte, une bourrasque d'air marin s'est engouffrée, sauvage et vivifiante, comme une promesse de liberté. Installé dans son fauteuil, Perrot se verse une tasse d'infusion avant d'éplucher la presse quotidienne apportée par l'infirmière. Le titre de la Une du *Télégramme* ne laisse aucun doute sur l'intérêt que suscite la prise d'otages dans l'opinion publique.

UNE PRISE D'OTAGES VIOLENTE, QUARTIER DE KERMOYSAN, À QUIMPER

Mardi 15 octobre, un homme armé appelait le commissariat de Quimper, affirmant retenir en otage une femme et ses deux jeunes enfants dans un logis de la tour des Lilas, quartier Kermoysan, à Quimper. Le forcené exigeait que le commissaire Perrot vienne à sa rencontre dans l'appartement où il retenait les otages, sans quoi il exécuterait ces derniers. Après concertation avec sa hiérarchie, le commissaire Jean-Louis Perrot, nommé central adjoint à la sûreté depuis septembre, s'est exécuté. Malheureusement, peu après son entrée dans l'immeuble, on entendait une explosion retentir, en provenance de l'appartement où était retranché le forcené. Rapidement les services de secours étaient sur place et le bâtiment évacué. Le corps du commissaire Perrot a été retrouvé, inanimé, devant l'appartement soufflé par l'explosion. Même s'il est gravement blessé, son pronostic vital n'est pas engagé. En revanche, les premières constatations n'ont pas encore permis d'identifier le preneur d'otages ni ses victimes parmi les décombres. Pour sa sécurité, le commissaire est actuellement sous garde rapprochée à une adresse tenue secrète.

Quimper est à juste titre considérée comme une paisible préfecture, avec son centre-ville bourgeois et ses quelques quartiers populaires. Les incivilités n'y sont pas totalement absentes, non plus que les dégradations et tags sur les façades, rien que de somme toute très banal dans une ville française moyenne. Mais depuis quelques mois, la situation s'est dégradée dans le quartier de Kermoysan, sur fond de guerres de clans opposant les communautés roms, albanaises ou tchétchènes. On y a vu récemment des habitants incendier des voitures et s'en prendre violemment aux forces de l'ordre venues ramener le calme dans la cité. Mais que se passe-t-il dans notre bonne ville de Quimper?

De son côté, la presse nationale a également relayé l'information. Ainsi, *Le Figaro* titre-t-il en une:

UNE PRISE D'OTAGES QUI TOURNE AU DRAME À QUIMPER: UN COMMISSAIRE GRAVEMENT BLESSÉ

Quimper a été la scène d'un fait divers d'une violence inhabituelle dans cette préfecture du sud-Finistère, plus connue pour son pittoresque centre historique, que pour son taux de criminalité. Un homme retranché dans un appartement de la cité Kermoysan informait le commissariat par téléphone qu'il retenait une femme et ses deux enfants en otages. Selon nos premières informations, l'individu menaçait de supprimer les otages si le commissaire Perrot, central adjoint à la sûreté, refusait de le rencontrer dans ce même appartement. D'accord avec les directeurs départemental et régional, Jean-Louis Perrot acceptait cette mission périlleuse. Malheureusement pour ce dernier, le preneur d'otages faisait exploser une bombe quelques minutes après son entrée sous haute surveillance dans l'immeuble. Il semblerait que les services de déminage dépêchés sur place n'aient retrouvé que le commissaire Perrot, gisant inanimé dans les gravats. Qu'est-il donc advenu des trois victimes et du ravisseur? Ont-ils tous péri dans l'explosion? À ce stade, aucune hypothèse n'est à écarter. Par ailleurs, l'identité de la femme et des deux enfants n'a pas été rendue publique. Le mobile du preneur d'otages reste également un mystère. S'agit-il d'un révolutionnaire à la petite semaine, guevariste, léniniste ou cégétiste, cherchant à faire avancer sa cause à tous crins ? Ou sommes-nous à nouveau confrontés à l'acte fou d'un terroriste ?

On peut en tout cas s'interroger sur cette violence qui gangrène peu à peu toutes les cités françaises. Où devons-nous en chercher la cause ? Dans le laxisme d'une justice qui ne condamne pas les mineurs ? Dans une police nationale aux effectifs et aux moyens insuffisants ? Dans une gestion inadéquate des flux migratoires ? Sans doute dans un peu tout cela à la fois. En outre, n'oublions pas qu'il y a seulement quelques mois, ce même quartier de Kermoysan s'embrasait, suite à des altercations entre policiers et trafiquants de drogue étrangers cherchant à prendre le contrôle de la cité. Afin de palier à la pénurie d'effectif dans les rangs des officiers suite à l'épidémie de Covid, le commissaire Jean-Louis Perrot avait été nommé en renfort comme central adjoint en septembre dernier. Grièvement blessé dans l'explosion, ses jours ne seraient pas en danger. Néanmoins, étant donné le caractère personnel de l'attaque, l'officier a été placé en sécurité dans un endroit tenu secret.

Perrot replie les journaux et regarde en direction de la fenêtre occultée d'un voilage brodé d'un voilier voguant sur les flots. Il commence à souffrir de l'absence des siens. Pourtant, il est certain que tous se mobilisent pour que sa réclusion volontaire s'achève au plus tôt. Bientôt, il pourra serrer Jeanne et ses enfants dans ses bras. Bientôt, il retrouvera une vie normale. Il s'en fait la promesse.

12

Assis dans sa voiture dont il a allumé le moteur pour déclencher le chauffage, il s'occupe d'appeler Jeanne, comme il le lui a promis. Oui, il a pu parler à des voisins, mais non, il n'a aucune information capitale à lui communiquer. Khedidja était absente au moment des faits, probablement au bled avec ses deux enfants. Quant à l'inconnu retranché chez elle, les deux personnes interrogées ignorent son identité.

— Tu auras au moins essayé, soupire Jeanne, avant de demander : et maintenant ?

— J'ai relevé les nom et prénom de la femme qui habitait l'appartement soufflé. Je vais essayer de retrouver sa trace sur Internet dans un premier temps, au STIC[4] dans un second.

---

4. Le Système de traitement des infractions constatées (STIC) est un fichier de police informatisé français du ministère de l'Intérieur regroupant les informations concernant les auteurs d'infractions interpellés par les services de la police nationale. Source Wikipédia.

— Je peux me charger des recherches sur Internet, se propose Jeanne, même si à mon avis, nos collègues sur le coup sont déjà remontés jusqu'à elle.

— C'est probable, mais je ne me risquerai pas à leur soutirer des informations.

Jeanne lâche un petit rire compréhensif. Elle comprend qu'en interrogeant les enquêteurs en charge du dossier, Lefèvre risquerait d'éveiller leurs soupçons. En effet, à quel titre s'immiscerait-il dans une enquête dont il n'est pas saisi ? Elle raccroche lentement, avec l'envie soudaine d'aller cacher son angoisse et son chagrin sous sa couette. Elle devrait se réjouir de savoir Jean-Louis en vie et à l'abri. Mais une part d'elle-même sait comme la notion de sécurité est fragile, surtout lorsqu'on est confronté à un ennemi invisible, capable d'élaborer les stratégies les plus inhumaines pour parvenir à ses fins. Avec un vague sentiment de culpabilité, Jeanne met de côté le PV d'audition de l'éducateur venu porter plainte contre un pédophile communiquant par Internet avec une des gamines du foyer où il travaille, pour faire des recherches sur la dénommée Khedidja. Comme elle le craignait, de très nombreuses occurrences s'affichent lorsqu'elle entre le patronyme dans le moteur de recherche. Elle affine en indiquant « Quimper », puis le quartier de Kermoysan, où est domiciliée la jeune femme. Mais elle ne trouve rien de pertinent. Soit la jeune femme n'est pas adepte des réseaux sociaux, soit, comme beaucoup de gens, elle n'utilise pas son identité complète pour se connecter. En général, le prénom est conservé, accompagné parfois d'un numéro, celui de son département de naissance ou de son adresse actuelle. Souvent aussi, le prénom est gardé mais du nom ont été ôtées les voyelles. Jeanne tente donc plusieurs combinaisons, avant, enfin, de tomber sur une page qui pourrait être celle de Khedidja. On y voit une femme en tee-shirt blanc moulant qui fait ressortir son teint hâlé, entourée de deux jeunes enfants. Ils se tiennent sous un parasol à feuilles de palmiers en plastique, une glace à deux boules à la main. Le compte est privé, Khedidja ayant choisi de ne donner des nouvelles qu'à un groupe d'amis triés sur le volet. Le profil enregistré indique seulement que la jeune femme a été hôtesse de caisse (sans que le nom du commerce soit précisé), animatrice de club pour enfants et actuellement en recherche d'emploi (le domaine d'activité n'étant pas précisé).

Avec un soupir de déconvenue, Jeanne s'interroge sur l'opportunité de poursuivre dans cette direction, quand une photo attire son regard. Il s'agit d'un cliché pris deux ans plus tôt devant un bar dont le nom s'affiche clairement sur la devanture : Le Paradisio. Un second examen de la photo de profil lui fait comprendre que ce qu'elle prenait pour un souvenir de voyage n'est peut-être qu'une photo prise sur la terrasse d'un café de l'agglomération quimpéroise ou plus vraisemblablement sur la côte. Elle entre « Le Paradisio » dans les images du moteur de recherche et tombe immédiatement sur une publicité aux couleurs criardes pour un bar de Bénodet. Jeanne se réjouit d'avoir demandé à travailler de chez elle pour surmonter le choc terrible qu'elle vient de subir. Du moins, c'est la version officielle qu'elle a servie à la secrétaire du personnel qui la regardait avec compassion signer sa feuille d'absence du service. Jeanne lui a indiqué qu'elle allait continuer à travailler sur ses dossiers, arguant que cela lui permettrait de distraire ses pensées du drame qui avait frappé Perrot. Elle se sent légèrement coupable de ce demi-mensonge mais elle se convainc qu'elle fait pour le mieux dans l'intérêt de Jean-Louis. En travaillant de son domicile, elle devient totalement libre de ses allées et venues. Après tout, nul n'a besoin de savoir qu'en sus de ses affaires en cours, une enquête privée l'accapare un peu plus… Arrivée à Bénodet, elle ne peut résister à l'envie de longer la corniche de la plage, séparée de la route par ses alignements de pins centenaires. Elle passe devant le Casino et le Centre de thalassothérapie puis décide de pousser jusqu'à l'Alhambra, le bar-restaurant avec vue imprenable sur le ravissant port de Sainte-Marine, recroquevillé en arc de cercle sur sa petite anse bordée de bars et restaurants. En voyant l'Alhambra encore fermé à cette heure matinale, il est difficile d'imaginer comme l'endroit peut être prisé à la belle saison lorsque le restaurant, construit en hauteur par rapport à la route, déploie sa terrasse de bois avec auvent panoramique. À regret, Jeanne s'arrache au spectacle de la marée descendante laissant derrière elle son sillage d'écume et de sillons aussitôt effacés. Elle tourne le dos à la plage pour se diriger vers l'avenue de la Plage où se trouve le Paradisio. Elle se gare devant à dix heures, pile pour l'ouverture du bar où Khedidja semblait avoir ses habitudes. La photo de l'établissement sur la page Facebook de la jeune femme n'a rien à voir avec le bistrot miteux aux banquettes usées et aux parasols aux feuilles de palmier en plastique décoloré dans lequel pénètre Jeanne Sixte. Soit le cliché a été retravaillé par Khedidja avant de le poster sur sa page Facebook, soit le bar a pris un sacré coup de vieux. Jeanne penche pour la deuxième hypothèse car la photo de Khedidja remonte déjà à deux ans. Une musique antillaise résonne dans le bar, rythmant les coups de chiffon d'une jeune métisse aux cheveux courts tressés et plaqués sur la tête, occupée à épousseter les étagères à bouteilles derrière le comptoir. Elle porte un jeans slim, des baskets blanches et un pull-over bleu pailleté. En entendant le carillon de la porte, elle se retourne avec un sourire avenant et lance : « Asseyez-vous où vous voulez, il y a de la place à c't heure ! »

— Merci ! Je prendrai un thé nature, s'il vous plaît.

— J'arrive !

Elle pose son chiffon, allume le percolateur et, à la surprise de Jeanne qui s'attendait à un sachet de thé ordinaire plongé dans une tasse, remplit une boule en inox de thé en vrac avant de la glisser dans la théière et d'y verser l'eau frémissante.

— Merci, la remercie Jeanne en repérant avec gourmandise le sablé breton sur sa soucoupe. Dites, je peux vous poser une question ?

— Je vous en prie, répond la jeune serveuse en plantant ses mains sur ses hanches étroites. J'suis pas débordée ce matin…

— Vous avez moins de clients qu'avant ?

— Ah ça, oui ! soupire la jeune femme en secouant une tête navrée. On a l'impression que les gens ont même plus un euro à mettre dans un café…

— Et pourquoi, selon vous ?

La serveuse jauge son interlocutrice avant d'avancer une explication :

— Depuis que mon patron a été soupçonné de trafic de stups, la clientèle s'est faite plus rare. On a gardé que les habitués.

— Les autres ont dû avoir peur…

— Je ne vois pourtant pas de quoi ! s'insurge la jeune métisse en élevant le ton. Mon patron n'avait rien à se reprocher. D'ailleurs, ils n'ont finalement rien pu prouver contre lui.

Jeanne songe tout à coup que si la serveuse savait qu'elle-même faisait partie de ce « ils », elle interromprait aussitôt ses confidences. Mais Jeanne a tout d'une cliente lambda qui a simplement envie de s'octroyer une petite pause.

— Ah ? Tant mieux…

— Oui. Et vous, vous êtes du coin ? Je ne vous ai jamais vue ici, je me trompe ?

Si la question directe désarçonne un peu Jeanne, elle n'en montre pourtant rien :

— Non, mais une amie m'avait dit que si je passais dans le secteur, ça valait le coup de faire un détour par chez vous.

— C'est gentil…

— Vous devez la connaître, ajoute négligemment Jeanne en lui montrant la capture d'écran du visage de Khedidja sur Facebook.

La serveuse fronce légèrement les sourcils. Étonnement ? Contrariété ? Les deux à la fois ? Elle se ressaisit pour répliquer :

— Vaguement, peut-être…

— Remarquez, insiste Jeanne avec son sourire désarmant, ça fait peut-être longtemps qu'elle n'est pas venue ici…

Le visage de la jeune femme se ferme un peu plus.

Elle esquisse le mouvement de s'éloigner.

— Vraiment bon ce thé, lance alors le capitaine. C'est bien rare les bars qui font l'effort d'en préparer un vrai.

Encouragée par le compliment, la serveuse s'est retournée et, avec un regard inquiet vers l'arrière-salle d'où ne provient pourtant aucun son, se laisse tomber sur la banquette en vis-à-vis. La policière impassible continue à déguster son thé.

— Vous savez, glisse la métisse sur le ton de la confidence, Khedidja ne risque plus de venir ici…

— Ah ? Elle a eu des problèmes avec la direction ?

— On peut dire ça comme ça…

— Désolée, je l'ignorais, mais il faut dire que je ne l'ai pas vue depuis quelque temps.

— En fait, elle a plus ou moins travaillé ici à une période. Jusqu'au moment où le patron lui a fait des avances un peu trop… claires, voyez ce que je veux dire ?

— Je crois. Du coup, elle a quitté son poste ?

— Ouais, si on veut… En fait, c'est plutôt lui qui lui a dit de se barrer, en retournant l'accusation contre elle, comme quoi elle l'aurait chauffé !

— Cela remonte à longtemps ?

— Un peu moins de deux ans. C'est à ce moment-là que j'ai été embauchée.

Elle croise le regard interrogateur de Jeanne et répond précipitamment :

— Attendez, croyez pas qu'avec moi il oserait, hein !

— Vous savez vous défendre, sourit Jeanne. Et depuis, Khedidja, vous la voyez de temps en temps ?

— Pas assez souvent. Avec ses deux gosses, c'est pas facile pour elle de sortir le soir et moi, avec les horaires du bar, je ne suis pas disponible aux bonnes heures.

— Moi non plus, je ne l'ai pas vue depuis un moment. Je suis allée sonner chez elle la semaine dernière, mais je n'ai trouvé personne. Et j'ai l'impression qu'elle a changé de portable.

— Pas étonnant ! Elle est partie au Maroc pour les funérailles de sa grand-mère. Et elle comptait y rester au moins trois semaines.

— Je suppose dans ce cas qu'elle n'a pas de réseau là-bas, car ce n'est vraiment pas son genre de ne pas répondre aux messages…

— Eh ! C'est pas le quart-monde, son village ! Il y a du wifi, vous savez ! C'est peut-être que vous avez composé un mauvais numéro.

— Vous pourriez me le… ?

Elle n'a pas le temps de finir sa phrase que la jeune femme, maintenant en confiance, lui montre les coordonnées de Khedidja dans son répertoire de mobile. Jeanne s'empresse de le rentrer dans ses contacts et indique :

— Tout s'explique ! J'avais inversé les deux derniers chiffres en enregistrant ses coordonnées dans mon nouveau portable. Je vais enfin pouvoir l'appeler, ajoute-t-elle en laissant un billet de cinq euros sur la table et en se levant.

Elle remercie et prend la direction de la porte quand la serveuse l'interpelle :

— Au fait ! Je vous ai même pas demandé comment vous vous appelez !

13

Hormis les jours où elle doit interpeller à six heures, Katell pénètre toujours dans son bureau à huit heures tapantes. Elle en apprécie le silence provisoire, que viendra hélas briser Julien Heurtel à son arrivée une heure plus tard. Elle sait que son entourage, tant amical que professionnel, se gausse gentiment de son côté militaire mais elle se félicite généralement de ce trait de caractère qui lui garantit une certaine rigueur dans son travail. En son for intérieur, cependant, elle se dit qu'un peu plus de fantaisie la rendrait certainement plus attirante auprès de l'autre sexe, qui ne lui manifeste qu'un intérêt vaguement poli. Qu'importe, se dit-elle en s'asseyant à sa table pour consulter les mails tombés dans la nuit. Soudain, elle se rend compte que la lumière de son téléphone fixe clignote. Elle consulte immédiatement le message laissé un peu après six heures trente. La maison de santé de Pont-l'Abbé demandait à être rappelée de toute urgence.

— Capitaine Katell Le Scornec, vous m'avez laissé un message ce matin…

— En effet, oui, répond une voix aimable, légèrement éraillée par l'abus de tabac, je voulais vous parler du résident amnésique qui a été transféré hier soir chez nous. Je suis madame Duchaussoy.

— Ah ? J'ignorais qu'il avait été transféré…

— Désolée, je pensais que vous en aviez été informée. En fait, l'état de santé de ce monsieur ne nécessitait pas vraiment qu'il reste en psychiatrie. Les places y sont chères… ajoute-t-elle sur un ton d'excuse.

— Je comprends. Et vous appelez pour… ?

— Vous prévenir que, contrairement à ce qu'ils ont pensé au moment de son admission à Quimper, notre pensionnaire n'est pas muet.

— Pardon ?

— Je vous assure. Il a fait un cauchemar cette nuit et a parlé.

— Et qu'a-t-il dit ?

— C'est là que le bât blesse…

Katell retient son souffle.

— L'aide-soignante de garde n'a pas compris ce qu'il disait… Peut-être parlait-il une langue étrangère ?

— Mais encore ?

— Elle dit qu'il a répété le mot « laine » à deux ou trois reprises. Tout cela reste très vague…

— A-t-elle noté ce qu'elle a entendu ?

— Je n'en sais rien.

— Merci de m'avoir informée.

— Si vous n'avez pas d'autres questions, je dois reprendre mon service…

— Je vous en prie. Merci beaucoup et surtout, s'il reprend la parole, je peux compter sur vous pour me contacter à nouveau ?

— Bien entendu, clôt la voix rauque en raccrochant.

Perplexe, la capitaine repose lentement le combiné et s'appuie au dossier de son fauteuil en fermant les yeux. Voilà qui change la donne, se dit-elle en réfléchissant à l'opportunité d'aviser son voisin de bureau, fraîchement arrivé. Mais un coup d'œil à la mine chiffonnée de Heurtel lui coupe toute envie de solliciter son avis. Le commandant a sa tête des mauvais jours, ceux qui suivent des nuits passées à tenter de calmer le cauchemar du grand ou la poussée dentaire du benjamin. Sans compter, se souvient Katell, que la femme de Heurtel, artiste peintre à l'univers tourmenté, refuse de se lever la nuit pour s'occuper des trois enfants, au prétexte que son génie créateur pâtirait d'un manque de sommeil… « Dieu que la vie est drôlement faite, songe Katell en remuant doucement la tête, il y a des célibataires parfaits à tous égards, qui recherchent désespérément l'âme sœur – non, non, se défend-elle, je ne parle pas pour moi – et il existe ce genre de femmes autocentrées qui font tourner la tête des hommes et signent leur calvaire. »

— Tu parles toute seule ?

Prise en flagrant délit de monologue intérieur, elle sourit cependant avec bonhomie à son voisin, finalement plus détendu qu'il n'y laissait paraître.

— Bien dormi ? demande-t-elle avec une involontaire pointe de sarcasme.

— Pas beaucoup…

— Encore ! Mon pauvre…

— On fêtait l'anniversaire d'Hestia…

Katell ne peut retenir une grimace amusée, comme chaque fois qu'elle entend le pseudonyme d'artiste si parfaitement mal choisi de Laurence, la piètre maîtresse de son foyer…

— Du coup, poursuit son collègue avec un air soudain égrillard, la nuit a été courte.

Nullement désireuse d'en savoir plus sur les ébats du couple Heurtel, la jeune femme choisit de ne pas rebondir et retourne à son travail. Néanmoins, comme s'il tenait à bien faire comprendre qu'il a passé une nuit d'amour torride, Heurtel lève les bras au-dessus de sa tête et laisse échapper un bâillement sonore, puis demande :

— Et toi ?

— Moi, quoi ? rétorque-t-elle un peu trop brusquement.

— Ta soirée, ta nuit…

— Normales, calmes.

— Je me demandais… vu qu'hier, tu as quitté le service super tôt…

— Hier ? Non, je suis partie à dix-huit heures quarante-cinq, ce qui n'est pas vraiment « super tôt », riposte-t-elle en dessinant des guillemets dans les airs.

— En tout cas, tu n'étais pas derrière ton bureau…

— Tu me surveilles, maintenant ?

— Eh oh ! Du calme, je posais juste la question.

— Eh bien, moi, je réponds « juste » à ta question.

— OK, OK, fait-il en levant les deux mains en signe de capitulation, mademoiselle a des secrets…

Elle hausse les épaules sans répondre et retourne à son ordinateur. Puis, mue d'une impulsion, elle repousse son fauteuil à roulettes, se lève, attrape son sac à main souple sous le bureau et son manteau suspendu au perroquet, et sort du bureau sous le regard interloqué de son collègue aux yeux cernés de fatigue. Elle emprunte un trousseau de clés au service automobile, signe le reçu et descend quatre à quatre au parking souterrain. Elle déverrouille la petite Escort banalisée, allume ses feux et s'engage sur la rampe d'accès débouchant sur l'esplanade derrière le commissariat. Elle salue le vigile d'un bref hochement de tête agrémenté d'un sourire et se mêle au flot de voitures à touche-touche sur le quai. Le jour se lève lentement sur un ciel aux bourrelets grisâtres lourds de promesses d'ondées. À l'aplomb des parapets garnis de jardinières se devine l'Odet, à peine frémissante, attendant le changement de marées pour se mettre à bouger. Elle longe le quai bordé de boutiques dont les vitrines éclairées brillent dans l'aube naissante. Le grand Café de l'Épée est ouvert, attirant le passant matinal et frileux. Katell traverse le centre-ville qui s'éveille doucement, révélant peu à peu ses murs de granit et demeures à colombages, et prend la direction de Pont-l'Abbé, où le vieil amnésique a trouvé une place d'accueil. Elle se glisse dans le chapelet lumineux des véhicules piaffant d'impatience, qui s'égrène sur l'asphalte brillante. Elle prend la bretelle de sortie, et s'engage sur la route aux airs plus campagnards avec ses champs dont on devine le contour flou dans la lumière timide de ce matin d'hiver. Le GPS embarqué n'est pas parvenu à identifier l'adresse précise qu'elle a renseignée et l'a simplement menée sur cette route au milieu de nulle part, dans la périphérie de Pont-l'Abbé. Elle ralentit pour rouler au pas et scruter les alentours et finit par repérer la silhouette d'un long bâtiment récent qui pourrait correspondre à l'adresse qu'elle cherche. La bâtisse se trouve en retrait par rapport à la route principale, au bout d'une allée bordée de marronniers. Mais l'impression de majesté s'arrête sitôt que la voiture s'engage sur le chemin mal carrossé qui se met à malmener les essieux de la voiture autant que le dos de sa conductrice. Bien qu'il soit plus de neuf heures, de nombreuses fenêtres du bâtiment sont plongées dans le noir. Ne voyant pas de places de parking visiteurs clairement délimitées, elle décide de se garer à côté des trois véhicules déjà stationnés, deux petits fourgons blancs pour transport en commun et une berline sombre. Deux portes s'ouvrent en façade, sans qu'aucune n'apparaisse comme la porte d'entrée principale, aussi Katell décide-t-elle de frapper à la première. Elle n'a pas annoncé sa visite et risque de se faire rabrouer par un personnel débordé mais elle se dit qu'en imposant sa présence, elle ne se fera peut-être pas éconduire. D'autant qu'elle sait à qui elle souhaite parler en priorité. Apparemment, elle est bien à la réception, comme le suggère le long bureau massif ancien qui se présente devant elle. Posée dessus, une lampe de bureau à abat-jour rectangle en verre vert et pied en laiton diffuse une lumière plus froide que vraiment accueillante. Le mamelon doré d'une grosse sonnette en métal trône à côté d'un écriteau indiquant « *En cas d'absence, merci de sonner* ». Ce que s'empresse de faire l'officier de police tandis qu'elle jette un œil curieux autour d'elle. Elle trouve étonnant qu'un établissement pour personnes âgées dépendantes soit ainsi plongé dans la pénombre, au risque de causer des accidents domestiques. Mais peut-être cette lumière tamisée permet-elle d'atténuer les contours d'une réalité trop crue, songe-t-elle en se remémorant des souvenirs de visite à sa grand-mère en maison de retraite. Le claquement de talons sur le carrelage la tire de sa rêverie. Une femme mince en blouse blanche et chignon strict s'avance, main tendue.

— Madame ? demande en souriant la femme d'une petite trentaine d'années, que sa mise austère fait paraître plus âgée.

— Capitaine Le Scornec, du commissariat de Quimper, je souhaiterais m'entretenir avec madame Duchaussoy. Elle m'a appelée ce matin…

La jeune femme semble attendre un complément d'information.

— C'est au sujet d'un résident amnésique qui vous a été amené hier soir.

— Ah oui, bien sûr ! Un gentil monsieur, ma foi, même s'il ne semble pas du tout comprendre ce qu'il fait chez nous…

— Il vous a dit quelque chose de particulier ?

— Non ! Il est muet, je pense.

Katell hoche la tête sans corriger. La jeune femme espère une suite qui ne vient pas.

— Je vais chercher madame Duchaussoy, finit-elle par indiquer en repartant d'où elle est venue.

Les minutes s'égrènent sans que personne ne se montre. Katell passe d'un pied sur l'autre, les bras croisés sur la poitrine, s'interrogeant à nouveau sur l'opportunité de maintenir le hall d'entrée dans le noir. N'y tenant plus, elle part appuyer sur l'interrupteur qui se dissimule sous une tenture derrière elle. Elle cligne des yeux dans la lumière retrouvée et comprend dans le même temps pourquoi la direction a choisi cet éclairage spartiate. Les murs couleur crème sont lézardés et des ombres se dessinent au niveau du plâtre des corniches. Le carrelage fendillé a également connu des jours meilleurs, tout comme les rideaux aux couleurs passées d'où se dégage l'odeur piquante de poussière humide, dont Katell ne parvenait à trouver l'origine. En outre, ce qu'elle avait pris pour une antiquité sur le bureau n'est en fait qu'une pâle copie en simili laiton d'une lampe ancienne.

— Capitaine, prononce l'arrivante de sa voix rauque, vous vouliez me parler ?

Face à l'immense femme qui lui tend la main, Katell reste un instant bouche bée, avant de poliment se reprendre.

Cependant, madame Duchaussoy ne semble pas avoir remarqué la surprise de l'officier, ou bien plus vraisemblablement est-elle habituée à provoquer ce genre de réaction.

— Bonjour madame, en fait, j'aurais aimé rencontrer le vieux monsieur amnésique qui vous a été amené.

L'infirmière fronce les sourcils au-dessus de ses yeux clairs et semble réfléchir à la réponse à apporter.

— Excusez-moi, mais je ne vois pas où cela peut bien vous mener…

— Vous permettrez que j'en décide moi-même ?

Un sourire amusé vient adoucir les traits virils de l'infirmière :

— Je ne voulais pas me montrer grossière, se défend-elle, seulement ce brave monsieur ne profère pas un seul mot.

— Sauf dans son sommeil.

— Sauf dans son sommeil.

L'infirmière jette un regard vers le fond du couloir d'où parvient le bruit étouffé de voix et de vaisselle qu'on entrechoque.

— Il a dû terminer son petit-déjeuner, venez, je vous emmène à sa chambre.

— Merci. Et l'aide-soignante qui l'a entendu parler en dormant, pouvez-vous la faire venir également dans la chambre ?

— Un instant, fait la femme en revenant vers le bureau pour y attraper le téléphone.

Elle passe un coup de fil à l'intéressée, qui s'apprêtait à rentrer chez elle après une nuit de garde prolongée, et indique d'un hochement de tête à Katell que cette dernière arrive. L'officier peine à suivre les enjambées de la femme immense qui la précède dans le dédale de couloirs aussi chichement éclairés que le hall d'accueil. À croire que l'établissement a sérieusement besoin de faire des économies, quitte à mettre en danger ses locataires. L'infirmière s'arrête enfin devant une porte portant le chiffre 7 et dépourvue de sonnette. Elle ne prend pas la peine de frapper et pousse la porte. La petite pièce est presque totalement occupée par le lit médicalisé, équipé de barrières métalliques. Planté devant la fenêtre, un homme de taille moyenne, très mince et légèrement voûté, regarde dehors, malgré le volet roulant encore descendu. Il est vêtu d'un pyjama un peu usé et de pantoufles trop grandes pour lui. Une touffe de poils s'échappe de ses oreilles

— Vous ne risquez pas de voir grand-chose! s'amuse l'infirmière en venant tourner la manivelle du volet.

Le vieil homme n'a pas bronché, à peine s'écarte-t-il de quelques centimètres pour laisser la place à l'individu qui n'a de féminin que le prénom.

— Venez donc vous asseoir, lui enjoint-elle, en le prenant par le coude avec une douceur inattendue.

Il se laisse emmener jusqu'à l'unique chaise de la chambre, placée devant une petite table carrée pourvue d'une carafe d'eau et d'un verre en Duralex, ainsi que d'un bloc-notes et d'un crayon. Mais l'homme laisse à nouveau son regard dériver vers la grande vitre derrière laquelle s'agitent mollement les branches d'un sapin. Ses sourcils fournis grisonnent légèrement, tout comme son épaisse chevelure coupée court. Ses yeux couleur ardoise sont un peu laiteux, voilés par un début de cataracte. Il a les traits reposés de celui qui vit dans un monde parallèle.

Afin de capter son attention, Katell se place dans son champ de vision et commence:

— Bonjour, monsieur, je suis de la police, je suis là pour vous aider à retrouver votre maison. Monsieur? Monsieur?

Elle agite ses doigts devant les yeux du patient, mais celui-ci s'obstine à regarder derrière elle, en direction de la fenêtre.

— Vous aimez les arbres? Vous avez des arbres chez vous, dans votre jardin?

L'homme n'a aucune réaction, comme s'il était tout bonnement sourd. Pourtant, Katell l'a vu tressaillir lorsque l'infirmière a laissé tomber la manivelle du store sur son support en inox. La soignante se racle la gorge :

— Je vous avais bien dit…

La policière opine, se demandant tout à coup pourquoi elle est venue perdre un temps précieux ici. Comme en écho, madame Duchaussoy prononce :

— Excusez mon indiscrétion, mais pourquoi le sort de ce monsieur vous tient-il tant à cœur ?

Katell s'apprête à rabrouer l'infirmière en lui répondant que le sort de tous les citoyens en danger la concerne, mais elle sait que la femme n'a pas tort. À cet instant, entre l'aide-soignante qui était de garde la nuit dernière. De taille et corpulence moyennes, elle aussi est âgée d'à peine trente ans. Ses cheveux mousseux blond foncé encadrent un visage rond qui rosit brusquement de timidité au moment où elle se présente à l'officier.

— Merci d'être venue, fait Katell en l'invitant à la rejoindre devant le vieux monsieur, tandis qu'elle indique à madame Duchaussoy qu'elle peut disposer. Pouvez-vous vous rappeler les mots prononcés par monsieur ?

La jeune aide-soignante rougit un peu plus pour répondre :

— Comme j'ai expliqué à l'infirmière en chef, je n'ai pas su reconnaître quelle langue il parlait. Il y avait peut-être quelque chose d'allemand… Je ne sais pas vraiment, désolée.

— Cela ne fait rien, la rassure Katell. Cependant, vous avez peut-être retenu un mot en particulier ?

— C'est étrange, mais j'ai cru qu'il parlait de laine, il a répété ce mot à deux ou trois reprises.

— De « laine » ? Bizarre, en effet. Ceci dit, les rêves dont on se souvient sont souvent sans queue ni tête… réfléchit Katell comme pour elle-même, avant de s'adresser au vieil homme toujours perdu dans ses pensées :

— Laine ? Laine ? articule-t-elle à haute voix en cherchant à fixer le regard fuyant.

Elle scrute le visage aux traits détendus sous ses picots de barbe grise, à l'affût du moindre signe que le patient a saisi quelque chose. Mais la réaction tardant à venir, Katell décide qu'elle a perdu suffisamment de temps et se dirige vers la porte de la chambre, quand une voix masculine s'élève :

— Laine… laine…

Katell se précipite vers le vieux monsieur et lui saisit la main :

— Monsieur, vous avez parlé ? Qu'avez-vous voulu dire ?

Mais le patient s'est de nouveau retiré dans sa bulle de solitude et ne fait aucun cas du contact de cette main étrangère sur la sienne. Vaincue, Katell retire sa main et quitte lentement la chambre. Elle remercie l'aide-soignante et refait le chemin à l'envers d'un pas lourd.

Elle retourne au commissariat et passe le reste de la journée à traiter les dossiers en cours.

Allongée sur son canapé, un bol de potage instantané à la tomate entre les mains, Katell regarde d'un œil distrait le journal télévisé du vendredi soir qui s'achève, s'étonnant toutefois que l'essentiel des informations soit consacré au système de calcul de retraite à points contesté par l'ensemble de la population à coups de grèves et blocages divers, alors qu'elle a appris le matin même sur *France Inter* qu'un avion ukrainien s'était écrasé en faisant plus de cent cinquante morts. Ne dit-on pas que « chacun voit midi à sa porte ? », grince-t-elle tout en pensant qu'elle est mal placée pour juger, elle qui focalise toute son attention sur un vieillard amnésique qui se fiche comme d'une guigne de l'intérêt qu'on peut bien lui porter. Elle n'a pas eu de nouvelles de lui depuis qu'elle l'a rencontré ce matin. Par ailleurs, personne ne s'est manifesté auprès de leurs services pour venir identifier le malheureux. Même la diffusion de son portrait dans la presse nationale et sur les réseaux sociaux n'a pas donné de résultat. On peut donc se volatiliser au XXIe siècle sans que personne ne s'en émeuve ? L'idée a de quoi faire frémir, réfléchit-elle, cependant, si c'était elle qui disparaissait ce week-end, qui le remarquerait ? À part ses parents, bien entendu…

14

En ce lundi matin, les chefs de groupe sont réunis autour de la longue table ovale. Étrangement, aucune question concernant le commissaire Perrot ne jaillit, comme si, tacitement, tous sentaient que pour la sécurité de ce dernier, mieux valait taire son lieu de repli et ses activités clandestines. En pénétrant dans la salle, certains ont adressé un petit signe d'encouragement à Jeanne, de retour au service, mais personne n'a osé braver l'interdiction d'évoquer ce qu'il est convenu désormais d'appeler « L'affaire Perrot ». Comme tous les débuts de semaine, chacun se met à tour de rôle à exposer l'avancement ou le *statu quo* de telle ou telle enquête. Néanmoins, le tour de table est parfois aussi l'occasion d'aborder les difficultés rencontrées au sein de l'équipe, qu'elles soient d'ordre matériel ou personnel. Aujourd'hui, rien de tout cela, les sujets ne tournent qu'autour des affaires en cours. Jeanne, qui somnolait sur sa chaise après une nouvelle nuit presque blanche, tend l'oreille lorsque Sylvère Pruteau se met à évoquer la surveillance active du réseau pédophile sur Internet :

— On avance à couvert, explique celui-ci en remontant ses petites lunettes cerclées d'or, ce qui peut donner l'impression que les choses ne bougent pas assez vite, mais je pense qu'il faut continuer cette stratégie. Jeanne, indique-t-il en montrant celle-ci du doigt, est, malgré les soucis qui la préoccupent en ce moment, toujours sur l'affaire, n'est-ce pas, Jeanne ?

Elle opine gravement.

— Vous êtes actuellement en contact avec un pédophile présumé sur le tchat. Vous pouvez nous en dire un mot ?

Elle hoche la tête et se redresse légèrement.

— Depuis plusieurs semaines, j'ai créé un profil. Je m'appelle Shirley, et je suis une collégienne de presque quatorze ans. Je suis en conflit avec mes parents, et parfois avec mes copines, aussi suis-je ravie d'avoir trouvé un ami aussi compréhensif que « Casanova ».

Un reniflement de mépris accueille son dernier mot. Jeanne comprend la réaction.

— C'est vrai que ce surnom est plutôt incongru pour un homme censé jouer un rôle protecteur auprès d'une gamine un peu paumée. C'est la réflexion que je me suis faite aussitôt. Ceci dit, je – enfin, Shirley – me suis bien gardée de relever la bizarrerie de ce pseudo. Je suis très jeune et pas forcément très cultivée… Bref, fait-elle en balayant l'anecdote d'un revers de la main, il y a plus important : dans le dernier message qu'il m'a laissé hier après-midi, il m'a encore proposé qu'on se rencontre, précisant qu'il n'était pas loin de Quimper…

— Mais c'est génial, ça! s'enthousiasme un collègue en frappant la table de sa paume. On va le coincer, ce salaud!

— Tout doux, Éric, temporise Jeanne en élevant la main, il faut rester prudent et ne surtout pas se précipiter pour accepter une rencontre. J'ai… enfin Shirley, précise-t-elle à nouveau comme si elle craignait de devenir prisonnière de cette peau d'emprunt, a répondu que ce serait bien qu'on se voie un jour. Mais je n'ai pas montré plus d'empressement que ça. Il ne faut pas oublier que Shirley est encore une jeune adolescente, et que normalement, elle est un peu au fait des risques qu'il y a à communiquer avec des hommes adultes sur Internet.

— Ouais, enfin, si c'était le cas, ricane Julien Heurtel, on serait pas en train de perdre du temps à chasser des pervers sur la toile!

— Je ne prétends pas que toutes les gamines sont au courant du danger, je dis juste que la plupart en ont entendu parler mais pensent qu'elles sauront faire preuve de discernement, contrairement aux victimes dont on parle dans la presse.

Elle appuie son dos au dossier de sa chaise et marque une courte pause avant d'ajouter quelque chose qui risque de ne pas plaire à tout le monde. Elle se racle la gorge et indique:

— Et puis, ne nous voilons pas la face, il y a aussi un pourcentage de gamines que cela excite…

Comme il fallait s'y attendre, un hoquet de stupeur lui répond.

— Eh, Jeanne, tu oublies que tu as une gamine ado, toi aussi ! ose un collègue en secouant la tête d'incompréhension.

Sans se démonter, elle regarde son collègue dans les yeux et répond d'une voix douce :

— Non, je ne l'oublie pas, mais ça ne me rend pas complètement aveugle à une certaine réalité. Que ça vous plaise ou non, martèle-t-elle en jetant un regard circulaire, c'est un fait avéré. Renseignez-vous, il y a pléthore d'interviews et d'articles sur ce sujet tabou…

Elle chasse l'allusion dérangeante d'un revers de main et poursuit :

— Bon, pour en revenir à mon personnage de Shirley, je joue le rôle d'une adolescente naïve qui a des soucis d'enfant de quatorze ans, et qui ne cherche absolument pas le grand frisson avec un homme qui aurait l'âge d'être son père. Je pense que c'est le genre de gamine que ce type recherche, des ingénues crédules et sans défense. Dans le cas contraire, il aurait déjà interrompu notre correspondance depuis longtemps.

— Il a posté des photos de lui ou demandé des photos à Shirley ? intervient Heurtel dont les mains déplient machinalement un trombone.

— Ni l'un ni l'autre, répond Jeanne en remuant la tête de droite à gauche. C'est ce qui me fait penser qu'il craint d'effaroucher Shirley en dévoilant ses attentes.

— Jeanne, vous continuez sur cette lancée et, bien entendu, ajoute Pruteau un ton au-dessus, pas d'entreprise individuelle pour piéger cette ordure. C'est bien clair ? Le moment venu, on organisera la rencontre de manière stratégique. Gardons toujours en tête que ce type de mecs sans scrupule est prêt à tout pour assouvir ses désirs, mais n'a absolument aucune envie de se faire pincer. Il est en général prudent et avisé, et peut échapper à la meilleure des surveillances. Par ailleurs, il n'est pas exclu que, se sentant pris au piège, il devienne violent et s'en prenne physiquement à Shirley, le jour où elle aura rendez-vous avec lui.

— La victime pour laquelle l'éducateur est venu déposer plainte n'a jamais rencontré Casanova, précise Jeanne, et il n'a pas lu de propos explicitement menaçants ou intimidants sur la messagerie de l'adolescente.

— Dernière chose, et pas des moindres, ajoute le commissaire Pruteau pour conclure, rien ne prouve que Casanova soit un loup solitaire. Il peut faire partie d'un réseau et n'être que simple rabatteur pour des clients ou commanditaires qui comptent sur lui pour organiser des rencontres en lieu sûr, moyennant finance, évidemment. Ou bien encore, une fois la proie ferrée, peut-être s'amuse-t-il ensuite à la partager avec d'autres prédateurs. Qui sait ce qui se passe dans le cerveau de ces détraqués… soupire le central avec une mine dégoûtée.

Les corps commencent à s'agiter d'impatience sur les chaises, aussi Jeanne s'empresse-t-elle de préciser :

— Il est également possible que Casanova ait créé des comptes sur d'autres sites, mais ça, impossible à savoir…

Katell, qui a assisté de manière passive à la réunion, se lève après les autres et sort de la salle sans avoir à échanger avec ses collègues. Non pas qu'elle soit asociale, mais elle a toujours du mal à se replonger dans le bain le lundi matin, après un week-end solitaire. Et surtout, Katell est soulagée que l'affaire du vieil amnésique soit passée à la trappe, car elle n'a nulle envie de justifier de sa presque fascination pour le sort du malheureux. Elle se sert un thé au citron au distributeur et gagne son bureau, où son collègue Heurtel l'a précédée. Ce qui n'est pas fréquent, comme il ne manque pas de le souligner en la voyant entrer :

— Et alors, Katell, on manque d'énergie ce matin ?

— Comment on dit déjà ? C'est l'hôpital qui se fout de la…

— Charité, termine Heurtel, beau joueur. Nous disions donc que tu manquais d'énergie ce matin…

— « Tu » disais que je manquais d'énergie.

— Je me trompe ?

— Non, reconnait-elle en déposant délicatement son gobelet sur son bureau, tout en se répétant pour la énième fois qu'elle devrait vraiment passer à la bouilloire électrique plutôt que de jeter des tonnes de plastique à la poubelle.

— Peut-être que comme Jeanne, tu as tchatté avec un séducteur sur la toile, hier soir ?

— Parce que tu appelles ça un « séducteur » ?

Le ton dégoûté de Katell n'échappe pas à Heurtel qui demande en hochant la tête :

— Ça te perturberait d'être à la place de Jeanne et de devoir communiquer avec ce type ?

— Évidemment ! rétorque-t-elle tandis que la surprise et le doute se mêlent sur son visage. Pas toi ?

— Difficile de me mettre à la place d'une fille, répond Heurtel en remuant les épaules.

— Tout le monde devrait se sentir mal à l'aise dans une telle situation, prononce Katell en portant avec agacement son thé à la bouche.

Elle se brûle en l'avalant, et se met à tousser en larmoyant. En s'essuyant les yeux d'un revers de main, elle reprend :

— Je n'ai pas forcément une grande expérience en la matière, heureusement pour moi, mais j'imagine qu'un type qui communique avec des adolescentes sur Internet est tout sauf un bon père de famille, non ?

N'entendant que le silence, elle tourne la tête en direction de Heurtel, occupé à manier son Bic comme une hélice entre son pouce et son index.

— Tu ne partages pas mon avis ?

Il interrompt son geste répétitif en plaquant son stylo sur le bureau un peu trop vivement et répond :

— Tu n'as pas de travail ce matin ?

Face à la mauvaise foi de son collègue, elle manque s'étouffer de frustration. N'est-ce pas lui qui a lancé la discussion sur les états d'âme de Jeanne obligée d'échanger avec un pédophile sur le Net ? Elle pourrait ignorer son voisin lunatique et provocateur, mais décide que ce serait trop facile pour lui. Le persécuteur aurait encore le beau rôle, et la petite chose fragile n'aurait que ses yeux pour pleurer.

— Tu t'fous d'ma gueule ?

— Je t'ai connue moins grossière ! rétorque-t-il avec un petit rire grinçant, avant de se saisir du journal qu'il déplie en grand devant lui.

— Tu comptes faire baisser les chiffres de la criminalité en lisant les scores du PSG ?

Satisfaite de sa repartie, elle se replonge dans le dossier de l'amnésique dont personne n'a, à ce jour, signalé la disparition. Le plus étonnant dans tout cela, c'est que pour un vieillard visiblement oublié de tous, il ne présentait pas un aspect négligé. Il était correctement habillé – il ne traînait pas en pyjama et pantoufles, comme les malades d'Alzheimer qu'on retrouve d'ordinaire dans la nuit – et semblait en bonne santé générale. Aucun des signes de déshydratation que l'on retrouve souvent chez les personnes âgées livrées à elles-mêmes, qui ne ressentent pas le besoin de boire. Cette apparence générale et cet état de santé plutôt satisfaisant pour un homme de cet âge rendent le silence de l'entourage d'autant plus assourdissant. Car même en imaginant qu'il est célibataire ou veuf sans descendance, quelqu'un devait bien le croiser de temps en temps, à la boulangerie ou la supérette du coin. Elle meurt soudain d'envie de demander l'avis d'un collègue sur ce dossier épineux, mais l'éventualité de consulter son voisin ne lui traverse même pas l'esprit. Elle se lève en faisant volontairement du bruit, comme si inconsciemment, elle voulait aller plus loin dans sa contre-offensive contre Heurtel. Elle se réjouit en entendant ce dernier maugréer et porter ses mains à ses oreilles. Il rit un peu plus fort, ravi d'avoir réussi à la faire sortir de ses gonds. Il a si souvent l'impression de bosser près d'un fantôme…

*

– J'espère que tu as de bons amis, au moins ?

– Certainement pas au bahut ! Sont tous débilos ! Mais j'ai une bff.

– Une quoi ?

Soudain frappée de perplexité, elle laisse ses doigts suspendus au-dessus du clavier. L'ignorance que trahit cette dernière question lui fait prendre conscience du décalage de générations entre elle et son interlocuteur. Différence d'âge dont il ne s'est, au demeurant, jamais caché mais qui l'emplit soudain de doute. Pourquoi perdre son temps avec un type avec lequel elle n'a probablement rien en commun ? À part une solitude à combler, sans doute... Ce qui est finalement une raison suffisante pour entretenir cette relation épistolaire, décide-t-elle dans l'un de ces revirements brusques dont sont coutumiers les adolescents. Déjà, ses doigts ont repris leur course sur les touches, pour expliquer patiemment :

– Meilleure amie. « Best Friend Forever ». Tu connais pas cette expression ?

– Je suis plus âgé que toi.

Le silence se fait sur la ligne, comme si la connexion Internet s'était à nouveau interrompue. Pourtant, à l'autre bout, l'homme sait qu'il n'en est rien. Il se dit qu'il n'aurait juste pas dû mentionner la différence d'âge entre eux deux. Il l'a sans doute effrayée, ce qui n'était certainement pas dans ses intentions.

– Coucou tu es toujours là ? demande-t-il au bout de plusieurs secondes.

– Oui.

– Tu es fâchée ?
– Non, non, ça va…
– C'est parce que je t'ai dit que j'étais plus âgé, c'est ça ?
– Oui.
– Je ne te veux aucun mal. Je parle avec toi parce que je sens que tu en as besoin, c'est tout.

Charlène est à nouveau en proie au doute. Ne ferait-elle pas mieux d'essayer de nouer des relations avec des gens de son âge plutôt que discuter avec un individu peut-être pas aussi lisse qu'il n'y paraît ? À nouveau, elle fait volte-face :

– En fait, je trouve ça un peu bizarre…
– Quoi ? Que je parle avec toi ?
– Oui, je crois que je vais arrêter.
– Mais attends ! Pourquoi ? Je t'assure que je ne te veux aucun mal.
– Oui, oui, mais je pense que je vais arrêter. On n'a pas le même âge et tout ça…
– C'est justement pour ça que je peux te donner des conseils.
– Oui, c'est gentil, mais je vais arrêter quand même de parler avec toi.
– Attends, Charlaine29 ! C'est trop bête ! J'aurais vraiment voulu te rencontrer. Tu ne veux pas qu'on se voie au moins une fois ?
– Non, non, je suis sûre…

Elle se déconnecte précipitamment, comme si elle s'était approchée trop près de la flamme. Elle a eu un éclair de lucidité quand le type s'est empressé de lui proposer une rencontre en chair et en os.

Elle comprend qu'elle est allée trop loin et que cet homme qui lui prêtait une oreille attentive, quasi paternelle – c'est, du moins, l'idée qu'elle se fait du comportement d'un père normal, mais elle a une connaissance très limitée sur le sujet… – est peut-être un gars complètement tordu. Elle repousse le clavier et s'empare de son manuel de maths avec le vague projet de préparer le contrôle du lendemain. Si elle ne veut pas croupir dans ce lycée professionnel éternellement, elle a plutôt intérêt à se bouger les fesses.

15

Jeanne se plonge dans le travail pour ne pas penser à son impuissance à venir en aide à Jean-Louis. Elle est épuisée par le manque de sommeil et l'anxiété qui la rongent mais elle a refusé la proposition de Pruteau d'aller voir le médecin pour solliciter un congé de quelques jours. Aurélie est partie depuis la veille au soir chez une amie, alors elle ne se voit pas rester seule dans leur appartement vide à ressasser des idées noires. Elle a besoin d'être dans l'action pour ne pas devenir folle. En outre, ils sont en manque d'effectif chronique au service, alors elle ne va pas ajouter à l'absence de Perrot. Elle se met à relire la déposition de l'éducateur venu porter plainte contre l'homme – il y a peu de probabilités en effet, pour qu'il puisse s'agisse d'autre chose que d'un homme – qui échangeait avec la jeune fille dont il s'occupe. L'éducateur a eu vent des faits un jour où ladite jeune fille avait oublié de se déconnecter en quittant l'ordinateur partagé du foyer.

L'individu se faisait appeler Casanova et envoyait des messages plus qu'ambigus à cette gamine du foyer d'aide sociale à l'enfance. Depuis, Jeanne n'a trouvé nulle trace d'une nouvelle discussion entre la gosse en question et lui. Ce qui ne signifie pas forcément que l'inconnu a abandonné tout espoir de renouer avec sa cible. Ce genre de prédateur est comme le caméléon, capable de changer de peau et d'apparence pour mieux se faire oublier, avant de réapparaître, toujours plus motivé. Elle repense à ses échanges avec l'individu d'hier soir, et meurt soudain d'envie de se reconnecter pour le pousser hors de ses retranchements. Cependant, elle se dit qu'il vaut mieux ne pas modifier ses habitudes. Elle est une collégienne de quatorze ans et normalement, à cette heure, elle se trouve à l'école. Contacter le pédophile à un horaire inattendu risquerait de l'alerter, et par là même de mettre en péril la stratégie des policiers. Jeanne décide donc d'attendre son retour chez elle ce soir pour se connecter à nouveau, quand son téléphone se met à vibrer sur la table. Son cœur manque exploser lorsqu'elle lit le nom sur l'écran.

— Jeanne, c'est moi.

— Enfin ! Je ne l'espérais plus !

— J'avais besoin d'entendre ta voix.

— Tu vas bien ?

— Ça va.

— Donc, ça ne va pas.

— On ne peut rien te cacher…

Elle le voit comme s'il était là, un sourire à la fois ironique et désespéré écartant la commissure de ses lèvres.

— Je voudrais qu'on se voie.

— J'attendais que tu me dises cela, répond-elle d'une voix légèrement étranglée. Quand ? Où ? Pas à ton adresse actuelle, je présume…

— Non, en effet, rencontrons-nous ailleurs. Je pensais au parking du musée archéologique de Penmarc'h.

— Penmarc'h ? Parce que c'est là que tu…

— Pas de question indiscrète, Jeanne.

— Pardon.

Elle se mord la lèvre de frustration.

— On se voit quand ? Aujourd'hui ? Tout de suite ? le presse-t-elle malgré elle.

— Mais tu es au service, non ?

— Oui, mais je n'ai pas de rendez-vous de prévu.

— Dans deux heures ?

— J'y serai.

Il enfile son manteau en cuir synthétique noir, enroule son écharpe noire autour de son cou et visse la casquette également noire profondément sur sa tête. Ses lunettes à monture épaisse pèsent sur son nez, mais elles ont le mérite de modifier son regard. En outre, il bénit pour une fois une barbe qui ne demande qu'à pousser et qui, déjà, pique ses joues d'une ombre brune. Il ferme derrière lui, jette un œil discret alentour et s'engage en boitillant dans la ruelle qui passe devant la maisonnette. Il n'y a que trois autres pavillons dans le voisinage immédiat, tous plongés dans le noir. Si ça se trouve, ils ne sont même pas habités, se dit-il en constatant le laisser-aller qui règne dans les jardinets en façade. Il est plus vraisemblable, néanmoins, que leurs propriétaires n'y viennent que pour la belle saison.

Son véhicule, fourni par les bons soins du préposé au parc automobile du commissariat, l'attend à environ trois cents mètres de là, dans une impasse qui vient d'être rachetée par un promoteur qui n'a pas encore lancé le chantier de construction de ses maisons individuelles. La mairie a soutenu le projet du jeune entrepreneur, à condition que ce dernier favorise les jeunes couples primo-accédants avec enfants plutôt que les nantis parisiens en mal d'iode et de crêpes au sucre. Le temps est encore à la pluie, une pluie molle et collante qui englue le paysage en une gangue poisseuse. Il enfonce davantage son nez dans son écharpe et marche avec précaution sur l'enrobé que bossellent quelques racines indomptées. La rue est dépourvue d'éclairage public, ce qui ne doit gêner au pire qu'une poignée d'usagers par jour. Depuis qu'il est installé ici, il n'a croisé personne, hormis un vieux monsieur à la démarche hésitante, tiré par un cocker trop vif. Soucieux de conserver son équilibre, l'homme n'a pas remarqué le nouveau venu dans le quartier et Perrot s'est réjoui de ne pas avoir eu à répondre à une quelconque salutation. Le cas échéant, ignorer son salut aurait eu le tort d'attirer l'attention sur lui. Il entre dans la petite voiture noire, se glisse sur le siège conducteur en grimaçant de douleur, coupe les ventilateurs afin de ne pas recevoir l'air glacé en plein visage, et pousse le chauffage au maximum. Il allume le contact et roule quelques minutes avant de libérer les grilles d'aération. Il traverse une zone plantée de champs de pommes de terre, à présent jonchés de fanes inutiles et dont les contours disparaissent presque dans le brouillard. Il croise de rares voitures, dont les feux prématurément allumés font penser aux signaux de détresse au milieu de l'océan. Ne met-il pas imprudemment Jeanne en danger en lui donnant ainsi rendez-vous ? Si, comme il y a tout lieu de penser, le forcené de l'immeuble de Kermoysan en connaît un bout sur lui et ses habitudes. Il a enjoint la plus grande des méfiances à Jeanne, en lui conseillant, outre le fait de modifier ses trajets habituels, d'emprunter elle aussi, un autre véhicule. Il espère qu'elle a entendu ses recommandations et ne va pas à l'encontre du danger. Elle doit penser à Aurélie, comme lui doit penser à ses deux enfants, heureusement partis en club en Andalousie avant le début des vacances. Les yeux étrécis pour mieux sonder l'horizon, il conduit dans le silence, l'autoradio éteint, comme s'il avait besoin de faire le vide en lui-même avant d'aller à la rencontre de Jeanne. À vitesse réduite, il déroule le ruban de la départementale séparant la dune piquée de thuyas des champs ceints de talus et des penty pelotonnés derrière leurs murs de pierre sèche pour défier les caprices du vent. Dans le lointain, dissous dans le brouillard, on devine quelques toits de chaume et les squelettes des rares arbres bas agrippés aux buttes rases. Au-dessus des parcelles mortes, merles et corbeaux tournoient lentement mais ne se posent pas, désespérant de trouver le moindre vermisseau dans les mottes collantes. Après plusieurs kilomètres sans croiser âme qui vive, le conducteur aperçoit un panneau signalétique qui émerge de la brume et sonne comme le retour à la civilisation. Avec dix minutes d'avance sur l'heure de rendez-vous, il est arrivé à destination. Il a fait en sorte d'arriver plus tôt afin de dérober son véhicule à la vue d'hypothétiques promeneurs. Au moment où il se gare, un peu au-delà du musée archéologique, un rayon de soleil métallique vient éclairer la plage de Pors-Carn et ses deux kilomètres de sable fin délimités par leurs ganivelles rappelant d'archaïques lances pointant vers les cieux.

Très légèrement en retrait, la paillote « Chez Marie-Cath », démontée l'hiver, déploie dès le printemps sa terrasse en bois, et ne désemplit pas de l'été, quels que soient les caprices d'une météo bretonne aussi prompte à arroser le touriste qu'à l'accabler de chaleur, le tout dans une même journée. Au fil du temps, Chez Marie-Cath est devenue l'adresse incontournable des locaux autant que des touristes. Tellement incontournable que, le cheveu humide et la crêpe refroidie par le vent, le client chauvin vêtu de son ciré jaune Cotten décrète invariablement que « finalement, une fois à l'abri du vent, il ne fait pas si mauvais chez Marie-Cath… ». Ancienne fleuriste, la propriétaire éponyme avait racheté le camion d'un crêpier et poursuivi son commerce. Mais voilà, un jour, le véhicule rendit l'âme, et Marie-Cath dut trouver un nouveau lieu de production. Qu'à cela ne tienne, exit le camion, une paillote ferait l'affaire. Le sens de l'accueil de la patronne, ajouté à la qualité de ses kouigns et au panorama majestueux de la Pointe de la Torche, firent bientôt du petit restaurant de plage la nouvelle coqueluche. Aidé en cela par la veuve Coquatrix, qui, ayant trouvé l'endroit paisible où adoucir son deuil, invita ses amis de la Comédie française à découvrir son petit coin de paradis. On vit alors des acteurs renommés venir se hisser sur les tabourets de bar au « Georges Zinc », pour manger une crêpe ou une grillade et boire une bolée de cidre.

Planté face à la mer aux reflets de plomb, Perrot rêve du moment où il pourra venir déguster un kouign en compagnie de Jeanne, voire, qui sait, avec leurs enfants respectifs… Le vent coulis qui vient fourrer sa langue aigre dans l'interstice entre son cou et son écharpe dénouée, le ramène à la réalité, et à la nécessité de ne pas attirer l'attention. L'endroit semble parfaitement désert, mais c'est précisément cette absence de monde qui ferait remarquer sa présence au quidam s'aventurant jusque-là. Tout en scrutant alentour, il se rapproche du point de rendez-vous, frémissant d'impatience autant que d'une légère appréhension à savoir Jeanne seule dans ce coin perdu.

Soudain lui parvient le bruit étouffé d'un moteur de voiture, puis il entrevoit les contours d'un véhicule tous feux éteints dans le crépuscule naissant. Intérieurement, il sourit. Jeanne a vraiment suivi ses conseils de prudence à la lettre ! Elle s'arrête un peu à l'écart elle aussi, et reste dans sa voiture, guettant probablement le signal de Perrot pour en sortir. Après un regard à gauche puis à droite, il s'approche et toque à la fenêtre pour s'annoncer. L'intérieur est plongé dans le noir complet, seule subsiste la lueur de l'horloge du tableau de bord. L'œil toujours aux aguets, il tapote d'un doigt léger au carreau. Elle ouvre la portière, il se penche pour poser un baiser sur ses lèvres.

— Fais le tour, l'invite-t-elle en déverrouillant la voiture.

Il est accueilli par les fragrances du parfum sensuel auquel Jeanne est fidèle – du moins depuis qu'il la fréquente. Peut-être que chaque histoire d'amour a droit à son propre sillage olfactif. Il ne veut pas le savoir. Ce qu'il veut, là, maintenant, c'est l'attirer dans ses bras et ne plus la lâcher. Mais le temps est compté, il ne doit pas rester trop longtemps éloigné de sa cachette. Il ignore s'il a été suivi, malgré ses immenses précautions, et il redoute plus que tout que quelqu'un s'en prenne à Jeanne à cause de sa négligence.

— Dis-moi tout, le presse-t-elle en serrant son avant-bras. Enfin, ce que tu peux me dire…

— Pruteau te tient au courant de l'avancée de l'enquête ?

— Pas vraiment, non.

Elle s'écarte et le dévisage :

— C'est toi qui as demandé qu'on me laisse en dehors de l'enquête ?

Le sourire penaud de Perrot ressemble à un aveu.

— Je peux encaisser, tu sais ! proteste-t-elle en élevant le ton.

Il la serre contre lui, malgré ses côtes douloureuses.

— Oh ça, je n'en doute pas un seul instant ! sourit Perrot en retour. Simplement, tu n'es pas seule, tu as Aurélie, je ne voulais pas te mettre en danger.

— Je comprends. Mais où es-tu caché en ce moment ?

— Je préfère ne pas te le dire.

Jeanne se détache brusquement. Il l'attire à nouveau à lui.

— C'est pour te protéger, Jeanne, juste pour te protéger.

Elle se détend et se laisse aller contre lui, les yeux fermés, se prenant à rêver que cet instant dure toujours. Mais déjà, il écarte la mèche qui retombait sur ses yeux et la relève doucement.

— Je ne vais pas pouvoir m'éterniser, Jeanne. Je suis probablement recherché…

— Par ce terroriste ?

— Lui ou un autre, comment savoir ?

— Tu ne soupçonnes personne ?

Il secoue la tête de droite à gauche.

— Absolument personne. Je ne comprends rien à ce qui m'arrive.

— Un règlement de compte, tu y as forcément pensé ?

— Bien sûr. Mais qui ? Quand ? Pourquoi ?

— Tu n'as vraiment aucune piste ?

Il remue lentement la tête en signe de dénégation.

— Je voudrais tellement pouvoir t'aider. Que puis-je faire ?

— Rester loin de tout ça, Jeanne. Ce ou ces types sont prêts à tout, ne l'oublie pas…

16

Sur le chemin du retour, un spasme lui tord l'estomac, lui rappelant qu'elle a plus ou moins mangé un triangle emmental crudités au déjeuner. En fait, elle croit bien qu'elle n'en a avalé que la moitié, l'appétit coupé par son altercation stérile avec son voisin de bureau. L'image de son réfrigérateur vide s'impose soudain à son esprit et la contraint de faire un crochet par le supermarché Géant en bordure de rocade. Elle se gare sur le parking avec un soupir de découragement en voyant les voitures sagement alignées sur le bitume, tels des soldats au garde-à-vous. Elle a l'envie irrépressible de prendre la fuite et rentrer se terrer dans le cocon protecteur de son appartement, mais le souvenir du bout de baguette racorni sur lequel elle a failli perdre deux dents au petit-déjeuner, ainsi que la boîte de thon ouverte depuis trois jours au frigo, la convainquent de rester. Elle aurait pu faire deux trois courses chez les commerçants de son quartier, mais ce n'est pas là qu'elle aurait trouvé les produits d'hygiène féminine dont elle a besoin depuis ce matin. Comme tous les mois, ses règles s'accompagnent d'une douleur sourde dans le bas-ventre et d'une fatigue qui la rendent d'une humeur maussade. Elle se dit que c'est certainement cette chute d'hormones qui l'a fait sortir de ses gonds devant Heurtel. En temps normal, elle le laisse lancer ses vannes imbéciles sans trop s'en formaliser, mais ce matin, elle n'a pu s'empêcher de lui rabattre le caquet. Pourtant, à bien y réfléchir ce souvenir ne lui est finalement pas si désagréable. Il a ri bêtement lorsqu'elle l'a mouché, mais elle a bien senti qu'il était surpris qu'elle réagisse aussi vivement, elle qui, d'ordinaire, le laisse pérorer dans son coin. Un petit sourire de triomphe rétrospectif s'attarde sur ses lèvres tandis qu'elle manœuvre entre deux voitures mal alignées. Elle se gare en râpant légèrement le rétroviseur d'une voiture à cheval sur deux places, mais juge inutile de laisser ses coordonnées en cas d'éventuel constat. Il n'avait qu'à bien se garer, peste-t-elle en se débattant avec son parapluie qu'elle essaie d'ouvrir avant de descendre de voiture. D'impatience, elle bloque définitivement le bouton-poussoir et doit affronter l'averse sans protection. Elle glisse un jeton dans la fente du caddie et court se mettre à l'abri du centre commercial. La lumière trop blanche des néons l'aveugle immédiatement, tandis que la musique d'ambiance, censée apaiser les mœurs, renforce encore son envie de prendre ses jambes à son cou. Elle fait ses emplettes rapidement, se dirigeant vers les rayons avec la mécanique d'un automate, sans un regard pour les promotions plus alléchantes les unes que les autres.

Elle se laisse cependant attirer vers le rayon traiteur japonais et décide qu'elle a bien mérité de s'offrir un plateau de sushis et makis, accompagné d'une salade d'algues. Puis elle se précipite vers les caisses avant que ne viennent s'y agglutiner les chariots pleins à craquer, en rang d'oignons impatients. Là, telle une Sainte touchée par la grâce, une caissière entre deux âges l'accueille avec un large sourire et transforme la corvée en moment presque agréable. Katell se demande soudain si elle doit voir dans ce miracle le signe qu'il faut avoir foi en son prochain. Même quand ce dernier s'appelle Heurtel… Elle fourre son ticket de caisse et celui de carte bleue dans sa poche, puis pousse son chariot dans l'allée centrale de la galerie où s'alignent un salon de coiffure, un magasin de jeux vidéo et figurines de mangas, un pressing, une boulangerie Paul, un cordonnier-serrurier, et deux boutiques de vêtements pour femme. En passant devant la dernière échoppe occupée par une Maison de la presse, elle marque un temps d'arrêt en lisant la Une d'un magazine exposé sur un tréteau. Le gros titre dit : « *Une femme retrouve son mari disparu grâce à une petite annonce parue dans un journal étranger* ». Un déclic se fait dans sa tête tandis qu'une hypothèse se forme : et si le vieil amnésique venait lui aussi d'un pays étranger ? Pourquoi ne pas imaginer que lui serait également venu d'un pays limitrophe de la France ? Après tout, réfléchit-elle en remettant son caddie en branle, le vieux monsieur, qui s'avère finalement ne pas être muet, parle sans doute une autre langue que le français. Il a prononcé plusieurs fois le même mot, un mot qu'elle a sur le bout de la langue mais qui, maintenant qu'elle cherche à se le rappeler, s'obstine à se dérober. Elle fronce les sourcils sous l'effort de concentration, tandis qu'elle donne un coup d'accélérateur à son chariot pour retrouver l'air frais et humide de cette soirée d'hiver. Quel mot n'a-t-il cessé de répéter pendant son cauchemar, la nuit où l'aide-soignante l'a entendu parler ? Il parlait de tissu ou d'étoffe, croit-elle se souvenir. Ou plutôt non, c'est ça, c'est de « laine » dont il parlait. Drôle de sujet de réflexion pour un vieil homme perdu dans un environnement étranger… Elle s'arrête brusquement, manquant se faire emboutir par une mère de famille arrimée à son caddie où trône un bébé trop joufflu dans son blouson rouge. Elle s'excuse tandis que le fil de ses pensées continue à se dérouler.

*

De retour au service le matin suivant, après avoir bien veillé à arriver la première dans le bureau partagé, Katell s'installe immédiatement à sa table de travail. En passant la veille devant le présentoir à journaux de la galerie commerciale s'est confortée l'idée que monsieur X était peut-être ressortissant d'un autre pays que la France. On avait pensé jusque-là qu'il avait parlé de « laine » dans son sommeil, mais si ce mot avait en réalité un sens autre dans une langue étrangère ? Reste à présent à trouver laquelle, réfléchit la jeune femme à haute voix, en tapant le mot « laine » dans le moteur de recherche. Son regard parcourt les entrées qui s'affichent aussitôt en une litanie longue comme un jour sans pain. Néanmoins, aucune n'éveille son intérêt.

Patiemment, elle poursuit sa quête, en variant les termes et en précisant qu'elle cherche des sens dans des langues étrangères. Mais au bout de plusieurs minutes à scruter l'écran, elle doit s'avouer vaincue. Elle laisse ses doigts en suspens au-dessus du clavier et ferme les yeux pour mieux se concentrer. C'est le moment que choisit Heurtel pour arriver, brisant le silence du claquement de ses talons de santiags. Elle guette la saillie qui ne manque pas d'arriver…

— Nuit trop courte, Katell ? On fait des cachotteries ?

Elle tourne vers lui un œil résigné et garde le silence.

— Eh, oh ! T'es fâchée ? Tu pourrais répondre quand même !

— J'ai bien dormi, merci, réplique-t-elle en s'efforçant de rester stoïque.

— Ah ! Heureux de te l'entendre dire ! C'est important le sommeil. Crois-en la parole de quelqu'un qui ne sait plus ce que c'est que de dormir tout son saoul…

Elle ne peut retenir un sarcasme :

— Vous avez encore fêté l'anniversaire de ta femme ?

Il tourne vers elle un regard interrogateur, tandis qu'il se rappelle sa fanfaronnade de la veille. Mais son expression n'a plus rien de victorieux, au contraire, Katell croit même y déceler une trace d'amertume. Il se tait et allume son ordinateur, sans chercher à poursuivre la discussion. Elle s'est remise à réfléchir mais ses idées semblent vouloir lui échapper. Aussi, presque malgré elle, décide-t-elle de consulter son voisin.

— Julien…
— Mm…
— Je peux te poser une question ?
— Besoin de l'avis d'un homme d'expérience ?
— Merde, sois sérieux pour une fois !
Il croise ses avant-bras musclés sur sa poitrine et attend, en forçant son air attentif.
— Voilà, tu sais, ce monsieur qu'on a retrouvé errant dans les rues ?
— Papi ? Oui, bien sûr, au fait qu'est-ce qu'il devient ?
— Il a été transféré à la maison de santé de Pont-l'Abbé, et personne ne s'est encore manifesté pour l'identifier.
Elle hésite avant d'indiquer :
— Je suis allée là-bas…
— Ah bon ? s'étonne Heurtel.
— Oui, son cas me touche, avoue Katell en baissant instinctivement le ton, comme elle rentrerait les épaules pour se protéger.
Mais la riposte se fait désirer. Elle regarde Heurtel et s'étonne de ne lire que de l'attente dans son regard. Encouragée, elle continue :
— Je ne comprends pas qu'on puisse disparaître comme ça un beau jour sans que personne ne s'inquiète de votre sort…
— C'est pourtant ce qui arrive régulièrement à des personnes très âgées que l'on va retrouver momifiées dans leur appartement, tout simplement parce qu'elles n'avaient plus ni ami ni parent pour prendre de leurs nouvelles !
— Bien sûr, mais « Papi », comme tu l'appelles, a été retrouvé chaudement habillé, propre et en

bonne santé, rien à voir avec ces malheureux oubliés de tous !

Elle ressent soudain sa propre véhémence comme un peu ridicule, mais à nouveau, Heurtel retient toute ironie. La jeune femme est tellement habituée aux piques de son voisin qu'elle ne peut empêcher un réflexe de méfiance, comme ces femmes ou ces enfants battus qui guettent la claque qui ne manquera pas de s'abattre sur leur épaule au moment où ils s'y attendront le moins.

— Alors, voilà… Je me suis dit que peut-être, monsieur X était inconnu de tous, tout bonnement parce que l'avis de recherche n'a été lancé qu'en France.

— Comment ça ?

— Mais oui, quand je suis allée le voir, l'aide-soignante qui faisait sa ronde la nuit précédente l'a entendu parler dans son sommeil…

— J'le croyais muet !

— Tout le monde le croyait muet, mais il semblerait qu'il soit juste mutique, probablement suite à un choc psychologique.

— Et qu'est-ce qu'il a dit ? interroge Heurtel, l'intérêt soudain bien éveillé.

— C'est là le souci. Papi a prononcé plusieurs fois le mot « laine », ce qui n'a, évidemment, aucun sens…

— Sauf dans une autre langue, c'est à ça que tu penses ?

Elle le regarde avec étonnement, tandis qu'il rétorque :

— Ça va, je suis pas totalement débile, non plus !

Elle sourit en se mordant la lèvre puis poursuit sa thèse :

— Voilà pourquoi je crois qu'on devrait étendre l'avis de recherche aux pays voisins, qu'en penses-tu ?

— J'en pense que c'est cohérent, mais qu'il y a un léger problème…

— Pruteau ?

— Il risque de ne pas te suivre.

— Trop accaparé par le cas Perrot… complète-t-elle à sa place.

— Exact. Ceci dit, je suppose qu'on n'a pas besoin du grand manitou pour lancer l'avis.

— Tu crois ?

— Je ne crois pas, j'en suis sûr ! Je m'en occupe, si tu veux.

— Vraiment ? Merci, c'est gentil.

— Tu admettras que je suis plutôt doué en informatique

Elle constate, amusée, que son collègue ne s'est pas transformé dans la nuit en un parangon de modestie. C'eut été trop beau. Elle lui reconnaît cependant une bonne volonté certaine. En effet, déjà, il s'active sur son clavier, les sourcils froncés et la bouche rentrée. Katell a l'impression bizarre que quelque chose a changé chez Heurtel. Et ce changement n'est pas pour lui déplaire. Elle le laisse vaquer et décide de se plonger dans le dossier du réseau pédophile actuellement bien actif dans le sud Finistère. Sous le pseudo « Shirley », elle constate que Jeanne s'est brièvement entretenue avec son ami virtuel la veille après dîner, mais elle n'a probablement guère avancé dans l'identification de ce dernier. En effet, l'inconnu est prudent, il semble peser chacun de ses mots et rien de ce qu'il écrit ne laisse conjecturer quoi que ce soit sur qui il est ni où il vit. Ils n'ont pas encore convenu d'un premier rendez-vous, mais Katell se dit qu'il va être temps que Jeanne passe à la vitesse supérieure. Déjà, cette dernière a habilement préparé le terrain en évoquant sur la toile son impression grandissante d'être seule au monde et incomprise, et de n'avoir que cet interlocuteur invisible à lui manifester de l'empathie. Néanmoins, elle ne peut faire cavalier seul, et l'équipe doit désormais peaufiner son plan d'attaque en vue d'une éventuelle rencontre. Deux heures plus tard, une exclamation interrompt Katell dans sa lecture :

— Ça y est ! Je crois qu'on tient quelque chose ! s'exclame Julien Heurtel.

— Vas-y !

— Écoute, j'ai déjà une première réaction, une nana qui affirme connaître Papi.

— Et d'où écrit-elle ? s'échauffe Katell en oubliant toute prudence pour venir se pencher par-dessus l'épaule de Heurtel.

Mais ce dernier oublie de la titiller.

— En Belgique, indique-t-il en pointant son index sur l'écran.

— Je m'en doutais ! Il ne fallait pas limiter nos recherches à la France.

— Bien vu.

— Merci d'avoir été si réactif.

— Heurtel est toujours réactif, répond-il en se tapotant la poitrine d'un air fat.

Mais pour une fois, Katell sourit à la plaisanterie, se demandant soudain si ce n'est pas son propre caractère un peu étriqué et rigide qui jusqu'alors la faisait rejeter en bloc toute tentative d'humour venant de son voisin. Il n'est sans doute pas le plus subtil des humoristes, se dit-elle, mais il a le mérite d'avoir toujours un bon mot à la bouche. Alors que moi, je ne suis qu'un bonnet de nuit, tout juste bonne à déprimer mon entourage…

— C'est quoi, cette tête ? interroge Heurtel en la dévisageant.

— Rien, fait-elle en se dépêchant de regagner son fauteuil. Tu me transfères le mail de cette dame, s'il te plaît ? Je vais essayer de l'appeler de suite.

— C'est comme si c'était fait, chantonne-t-il en tapant sur les touches avec un peu trop d'énergie.

Déjà, elle a composé le numéro fourni par l'interlocutrice belge. Elle essuie ses mains moites d'excitation sur le dessus de ses cuisses et respire profondément avant de commencer.

— Madame Janssens ? Vous parlez français ? Un peu ? Bon, explique Katell en articulant exagérément, je suis le capitaine Katell Le Scornec, du commissariat de Quimper, vous avez répondu à notre avis de recherche…

La voix féminine au bout du fil s'exprime dans un français hésitant, avec un accent difficile à comprendre. Afin d'être certaine de ne pas passer à côté d'une information, Katell a branché le haut-parleur, faisant Heurtel lever le nez de son ouvrage.

— Oui, car je connaître l'homme.

— Quel est son nom ?

— Claude Peters. Je tra… travailler avec lui.

— Vous voulez dire « pour lui » ?

— Oui, c'est ça, pour lui. Je suis infirmier.

— Vous êtes infirmière où, madame Janssens ?

— Dans Gand.

— Que pouvez-vous me dire au sujet de Claude Peters ? demande Katell en découpant chaque syllabe, tout en tendant l'oreille pour décrypter l'accent de la dame.

— Il est un vieil monsieur…

Katell échange un regard navré avec son voisin mais insiste :

— Oui, il est vieux, vous travaillez à l'hôpital ? En maison de retraite ?

— Retraite, oui, c'est ça.

— Quand l'avez-vous vu pour la dernière fois ?

La femme a un moment d'hésitation :

— Dernière fois, hum, je ne pas savoir vraiment…

— Il a disparu de la maison de retraite ?

— Non, il ne pas habiter maison de retraite… c'est moi avant je travailler dans la maison des gens…

— À domicile ? Vous travailliez pour monsieur Peters ? C'est ça ?

— Oui, j'allais une fois dans semaine pour voir si le monsieur aller bien.

— Il vivait seul ?

— Oui. Mais plus après.

— Après ?

— Le fils venir. Il me dit j'arrête le travail pour monsieur Peters.

— Et ensuite, qu'est-il devenu ?

— Je ne pas savoir.

— Vous avez l'adresse de sa maison ?

— Oui, je la donne à vous. Moment, s'il vous plaît…

Les deux collègues entendent le bruissement des feuilles que l'on malmène puis la voix qui épelle l'adresse de Claude Peters.

— Merci, madame Janssens. Dernière question : avait-il de la famille qui venait le voir ?

— Un garçon, je crois…

— Un fils ?

— Oui, c'est ça, un fils…

Katell raccroche lentement, sans savoir s'ils ont vraiment fait une avancée. L'homme a désormais une identité – du moins si l'on en croit cette dame au bout du fil – mais depuis, elle semble avoir perdu sa trace. Alors, où chercher ? Comme en écho, Heurtel appuie :

— OK, il a un nom, mais on n'est pas plus avancé !

— En même temps, tente de se rassurer Katell, c'est notre premier témoignage. Si ça se trouve, d'autres personnes vont se manifester dans les heures qui viennent.

— Z'ont intérêt ! grommelle Heurtel en caressant sa panse plate. Bon, c'est pas l'tout, j'vais grailler, moi. Tu viens ?

Elle manque avaler sa langue de surprise, s'apprête mécaniquement à décliner, quand elle s'entend répondre le plus simplement du monde.

— Pourquoi pas ? Je meurs de faim, moi aussi.

Ils décident d'aller à pied avaler un morceau à l'Épée, ancienne brasserie installée depuis des générations sur le quai de l'Odet, dans la partie inférieure d'un immeuble bourgeois. Avec ses auvents noirs se déployant sur l'extérieur, le restaurant tout en longueur offre un lieu de détente idéal. Aujourd'hui, la météo a chassé les fumeurs invétérés habituellement installés dehors pour boire un verre, au chaud dans leurs doudounes. La terrasse est particulièrement bien exposée, prête à capter le moindre rayon de soleil réverbéré par l'Odet qui coule en face. Les deux collègues s'installent près de la fenêtre et commandent sans perdre de temps le plat du jour. La pluie s'est remise à tomber, formant un rideau de perles si serrées que soudain l'horizon se gomme. Katell écarte les yeux de la fenêtre et se force à les ramener vers Heurtel, qui ne manifeste aucune gêne à se retrouver en tête à tête avec elle. Elle ne peut que lui envier cette aisance qui rend ses relations avec les autres tellement plus fluides.

— Alors, on part quand ? lance brusquement Heurtel en engloutissant un croûton de pain.

Elle a failli s'étrangler d'étonnement.

— … Ben quoi ? J'ai dit un truc qui fallait pas ?

— Non, non, c'est que… je ne pensais pas que tu comptais m'accompagner…

— Ça te dérange ? s'inquiète Heurtel en écartant sa serviette pour que le serveur y dépose le lieu jaune au beurre blanc et ses pommes de terre persillées.

— Pas du tout, au contraire.

Ce n'est pas la politesse qui a guidé sa réponse.

— Bon ! Reste à aviser Pruteau.

— Je passe le voir en rentrant au service.

Le reste du repas se déroule sans un mot, mais étrangement, le silence entre eux n'est ni pesant ni contraint, il tient plus d'une respiration, d'un temps de pause bienvenu. Le brouhaha des clients agit comme une berceuse qui renforce encore l'effet légèrement soporifique du début de digestion.

— On va régler ?

Elle suit Heurtel jusqu'au comptoir et apprécie qu'il ne propose pas de payer sa part, le contexte de ce repas demeurant strictement professionnel. Voire.

Ils se séparent devant le restaurant, Heurtel ayant un coup de fil privé à passer avant de reprendre le travail. D'une enjambée, il s'est dirigé vers le parapet du quai et Katell a eu le temps d'apercevoir l'ombre qui passait sur son visage. Par discrétion, elle détourne la tête et se dépêche de regagner le service, en regrettant de ne pas avoir emporté de parapluie. Immédiatement, elle va frapper chez le central, que la porte ouverte montre de dos, debout derrière son bureau, affairé à rassembler des documents.

— Monsieur ? Je peux ? demande-t-elle.

— Allez-y, Katell, fait-il en se retournant. J'ai dix minutes avant de partir chez le procureur.

— Un rapport avec Perrot ? ose-t-elle, malgré la réticence affichée de la hiérarchie à aborder le sujet de la mise en quarantaine de Perrot.

Il la regarde avec un peu d'hésitation et finit par lâcher :

— La plus grande discrétion est requise dans cette affaire, il en va de la sécurité de Perrot, vous comprenez, n'est-ce pas ?

Elle hausse légèrement les épaules.

— Au fait, qu'est-ce qui vous amène ?

— Nous avons retrouvé l'identité de monsieur X.

— Ah ? Très bien, très bien… répond l'adjoint avec un intérêt poli, tandis qu'il fourre des papiers dans sa serviette au cuir patiné.

— Mais nous aurions besoin d'aller sur place pour en savoir davantage sur ce qui l'a amené jusque dans les rues de Quimper.

— Pas de problème, allez-y !

— C'est en Belgique…

— Ah… Pas de problème, pas de problème, faites pour le mieux. Je vais prévenir nos homologues belges pour qu'ils vous assistent dans votre enquête. Et, Katell…

— Oui, monsieur ?

— Vous avancerez les frais, bien entendu ?

— Bien entendu, répond Katell en mettant sa bouche de côté à l'idée du délai avant que l'administration la défraie. Je vous remercie.

— À bientôt, Katell, lance Pruteau sans un regard vers elle, visiblement pressé de parer à plus urgent.

Deux heures plus tard, Katell et Julien sont sur la rocade que les premiers retours de bureau commencent à embouteiller. La jeune femme a suggéré d'attendre la première heure le lendemain pour partir mais Heurtel s'est montré inflexible :

— Ne jamais remettre au lendemain ce qui peut être fait le jour même !

— Mais, ta femme ? Tes enfants ?

Il a répondu sans la regarder, d'un laconique « Je gère ».

Il a demandé s'il pouvait prendre le volant, ce qui a soulagé Katell qui ne conduit que par pure nécessité, et cède volontiers les commandes aux amoureux de l'automobile. Elle a branché la radio sur Nova, sans que le chauffeur ne proteste et, la tête reposant sur l'appuie-tête, a plongé dans un état proche du sommeil. C'est lorsque Heurtel se gare sur le parking d'une station-service que la passagère réalise qu'elle a dormi profondément. Elle ouvre les yeux, regarde autour d'elle la nuit qui a pris ses droits.

— Désolée, murmure-t-elle à l'adresse de Heurtel qui vient de couper le contact devant la station.

— Y a pas de quoi, ta longue sieste prouve au moins que j'ai la conduite souple !

Elle sourit et tend la main pour attraper son duffle-coat et son sac à main sur la plage arrière. Ils pénètrent dans le bâtiment vitré et clignent des yeux sous l'assaut des néons trop blancs. La fréquentation n'a rien à voir avec celle des week-ends, seuls deux ou trois voyageurs errent entre les allées de biscuits et les armoires réfrigérées. Ils achètent un sandwich caoutchouteux et un Perrier qu'ils avalent sur un mange-debout.

— Tu comptes vraiment rouler toute la nuit ? interroge Katell, que cette perspective inquiète.

— Non, on s'arrêtera dans un Formule 1 après Reims. Comme ça, demain matin, il nous restera un peu moins de trois heures. Ça te va ?

— Parfaitement.

Ils avalent leur casse-croûte insipide dont la verdure se résume à une feuille de salade ramollie et une rondelle de tomate décolorée. Elle en jette la moitié et va leur chercher deux cafés allongés au distributeur. À la radio, les Rita Mitsouko hurlent les louanges de *Marcia Baïla*, entraînant Heurtel dans leur refrain. Elle s'étonne à nouveau de l'énergie de son équipier, tout occupé à chanter à l'unisson de Catherine Ringer. Par pure politesse, elle demande s'il souhaite qu'elle prenne le volant, mais il affirme qu'il n'est pas fatigué. Ils reprennent la route, de plus en plus déserte à mesure que la nuit s'installe, et s'arrêtent comme prévu au premier hôtel bon marché qu'ils trouvent après avoir traversé Reims.

17

Katell n'a guère fermé l'œil dans sa chambre aux fenêtres insuffisamment insonorisées pour faire oublier la proximité immédiate de l'autoroute et l'émission de télé réalité qui braillait depuis la chambre voisine. En outre, elle a été incommodée par les relents de tabac froid émanant des rideaux ou de la moquette. Tandis qu'elle peinait à s'endormir, elle s'est demandé si des contrevenants étaient en train de braver allègrement l'interdiction de fumer dans les lieux publics ou si l'hôtel n'avait pas fait de travaux de rafraîchissement depuis la promulgation de la loi antitabac. À trois heures du matin, elle décidait de renoncer à trouver la réponse...

À six heures et demie, elle retrouve un Heurtel au visage peut-être encore plus cerné que le sien, attablé seul dans l'espace petit-déjeuner aux murs livides. Le self exigu, aux murs peints d'un vert pomme acide, coincé entre la réception déserte et la porte menant aux chambres, n'incite pas à prolonger ce premier repas de la journée. Heurtel est allé se remplir un bol de corn flakes au distributeur et s'est servi un grand café. Elle se verse un thé et pose un laitage et une pomme sur un plateau trop petit.

— Tu n'as pas bien dormi, constate-t-elle.

— Ça se voit tant que ça ?

Elle opine du bonnet en ôtant le couvercle de son yaourt nature avant d'y passer un coup de langue.

— Pareil pour moi. Tu as été gêné par le bruit de la circulation ?

— Non, ce n'est pas ça…

Elle attend la suite, qui ne vient pas. Il chipote avec sa cuiller dans son bol de céréales puis avale son café d'une traite. Brusquement, il repousse sa chaise.

— T'es prête ?

Elle acquiesce, avale son yaourt en deux cuillérées, louche sur son gobelet avec regret, attrape sa pomme non entamée et se lève. Tandis qu'il va régler et demander la facture, Katell se ravise et va récupérer son thé qu'elle boira pendant le voyage. Ils roulent en silence dans le petit matin gris, sur une route où se pressent déjà les poids lourds et les travailleurs de banlieue. Heurtel n'a pas desserré les dents depuis le petit-déjeuner et Katell se demande si elle y est pour quelque chose. N'y tenant plus, elle se tourne vers lui, dont le visage tendu se découpe dans l'obscurité que trouent par intermittence les éclairages publics.

— Qu'est ce qui se passe, Julien ? J'ai fait quelque chose de mal ?

Sans quitter des yeux le ruban d'asphalte humide, il secoue la tête lentement de droite à gauche.

— Tu n'as pas dit un mot depuis qu'on est levés.

— Si, j'ai dit « t'es prête ? », réplique-t-il avec un sourire sans joie.

— Reconnais que c'est un peu court, surtout venant de toi…

Il esquisse un nouveau sourire, tout aussi dénué de gaieté et répond sourdement :

— J'ai des petits soucis.

— De quel ordre ?

Il jure en se déportant pour laisser passer un bolide qui ne connaît pas les clignotants. Elle répète sa question. La réponse fuse, laconique :

— Personnels.

Gênée, elle tourne les yeux vers la droite, regarde la campagne endormie et les bâtiments industriels qui s'éclairent les uns après les autres. Elle regrette déjà son indiscrétion et craint de voir son compagnon de route s'enfoncer davantage dans le silence. Histoire d'alléger l'atmosphère, elle allume *France Info*, qui annonce qu'une troisième vague de coronavirus est à envisager dans les prochains mois.

— Tu parles, ils doivent pas tout nous dire ! lâche Heurtel en écho aux pensées de Katell.

— C'est la réflexion que j'étais en train de me faire.

— Au fait, désolé pour tout à l'heure.

Elle le regarde sans répondre.

— Je t'ai limite envoyée sur les roses…

— Ne t'inquiète pas pour ça, on n'a pas toujours envie de dire à tout le monde ce qui nous tracasse.

— Tu n'es pas tout le monde.

Elle sourit dans l'ombre et se concentre à nouveau sur le bulletin d'informations.

Elle n'ira pas chercher de nouvelles confidences. Ils arrivent à destination peu avant midi et décident d'aller grignoter quelque chose avant de se rendre à la maison de retraite où les attend madame Janssens. Ils ont entré l'adresse de l'établissement dans le GPS et se laissent tranquillement guider le long des rues étroites flanquées de hautes maisons de brique rouge aux appuis de fenêtres ornés de jardinières suspendues. Le navigateur de voiture les fait s'arrêter au pied d'une maison qui ne se distingue en rien de ses voisines. Seule une plaque à la dorure passée indique qu'elle n'est pas un lieu d'habitation ordinaire. Leur homologue les attend, les mains enfoncées dans les poches d'un long pardessus et une casquette vissée sur la tête. Après de brèves présentations, Heurtel lui expose brièvement les raisons de leur présence, et le dénommé Jeanis les assure de son soutien. Ce dernier, qui est originaire de Liège, parle parfaitement le français. Katell actionne le heurtoir doré en tête de bélier et ils sont immédiatement introduits par une jeune femme en blouse rose et sabots d'hôpital en camaïeu dans un couloir chichement éclairé, aux murs couverts de chêne foncé.

— Vous n'avez pas peur que les résidents se cassent la figure dans le noir ? interroge Heurtel en articulant exagérément et en désignant les ampoules faiblardes des appliques en forme de chandelles.

Elle devine ce que l'homme a dit en français et explique dans un rire moqueur :

— Nous ne faisons pas d'économies sur la lumière, c'est la tempête qui a fait des siennes sur le réseau électrique… En quoi puis-je vous aider ?

— Nous avons rendez-vous avec madame Janssens.

— Patientez, s'il vous plaît, elle est actuellement en soins, dit-elle en désignant la banquette de bois qui court sur toute la longueur du mur.

Ils se laissent tomber dessus en espérant que l'attente ne sera pas trop longue. Mais la femme arrive bientôt, précédée par un parfum capiteux de tubéreuse. Mélanie Janssens a une petite cinquantaine d'années et ses cheveux grisonnants retenus en un chignon souple encadrent un visage rond aux yeux bleu clair.

— Suivre moi dans le bureau des surveillantes, nous y serons au calme pour parler, invite-t-elle dans un français hésitant, fâché avec les accords.

Les trois officiers la suivent le long du couloir également tendu de boiseries sombres, dans lequel la lumière ne s'invite que par à-coups vacillants. L'infirmière leur indique muettement le plafonnier capricieux et hausse une épaule fataliste.

— La tempête…

Elle ouvre une lourde porte capitonnée et entre dans une pièce où règne une température inférieure au minimum communément admis des vingt degrés. Une double-fenêtre donne sur la rue mais les lourdes tentures à demi ouvertes laissent filtrer peu de lumière à travers le voilage blanc cassé. Une longue table en chêne massif et ses douze chaises assorties sont placées devant la fenêtre. Au centre, sur un napperon en crochet écru, une soupière ventrue en faïence de Sarreguemines. Un salon composé de quatre lourds fauteuils tendus de tapisseries à décor de scène de chasse occupe le reste de la pièce. Enfin, un réfrigérateur ronronnant et une desserte supportant une bouilloire électrique, une boîte à thé, un pot de Nescafé et quelques tasses dépareillées constituent le reste de la décoration. Elle ne leur offre pas à boire et rentre directement dans le vif du sujet, en malmenant le français.

— Vous avoir retrouvé Claude Peters en France…

— C'est exact. Il traînait seul dans la rue, la nuit.

— Seul ?

— Oui, il a été ramassé par la patrouille, étonnée de voir ce vieil homme dehors en pleine nuit. Lorsque vous vous occupiez de lui, avait-il encore toutes ses facultés mentales ? demande Katell en s'enfonçant dans un des profonds fauteuils.

Mélanie Janssens fait un effort pour bien comprendre les questions qui lui sont posées. Elle se dit qu'au collège, elle aurait dû s'accrocher un peu plus pendant le cours de la vieille prof de français à moustache. Elle secoue la tête :

— Non, il avait petites pertes de mémoire, il perdait ses clés, son porte-monnaie, ce genre de choses… Mais lui se souvenir parfaitement ancien temps.

— Vous nous avez dit au téléphone que vous interveniez à son domicile ?

— C'est ça, je venais une ou deux fois par semaine pour vérifier que tout aller bien. Moi prendre sa tension, faire deux courses et aider parfois à remplir papiers.

— Vous avez rencontré son fils ?

L'infirmière retient difficilement une petite grimace. Elle n'est pas censée juger les gens pour qui elle travaille, n'est-ce pas ?

— Que pouvez-vous nous en dire ?

— Pas grand-chose, fait-elle en évitant le regard de Katell, je l'ai croisé une fois ou deux chez monsieur Peters.

— Et ?

L'infirmière se racle la gorge avant de répondre, en massacrant toujours plus la langue de Molière :

— Lui pas très attentionné avec son père, il avait manie s'impatienter, il levait yeux au ciel quand monsieur Peters se répéter…

Heurtel échange un regard avec Katell et Jeanis, il sent que leur hôtesse ne dit pas tout.

— Vous ne semblez pas le porter dans votre cœur ? ose-t-il.

— Je… Non… Pas faire commentaires sur mes employeurs…

La femme est visiblement embarrassée et ses yeux semblent chercher un trou de souris où se terrer.

— Il n'est pas là pour vous entendre, la rassure Heurtel, et si vous aviez de l'affection pour monsieur Peters, vous devriez peut-être nous dire tout ce que vous savez, lui enjoint-il d'une voix dont la douceur subite ne manque pas de surprendre Katell.

Mélanie Janssens opine à contrecœur et finit par répondre.

— Un jour, moi assister à scène pénible… très pénible… Le fils de monsieur Peters le secouait par l'épaule en exigeant qu'il lui dise où étaient cachées ses économies. Monsieur Peters terrorisé mais pas comprendre ce que son fils attendait de lui. Lui commencer peut-être à perdre un peu pied avec réalité…

— Et ensuite ?

— Quand le fils apercevoir moi dans l'entrée, lui aussitôt lâcher son père et crier après moi pourquoi entrer sans prévenir. Moi, repartie aussi sec.

— Vous avez revu monsieur Peters après cet incident ?

Un voile de tristesse obscurcit le regard clair de l'infirmière. Elle serre les poings pour répliquer :

— Non, jamais.

— Vous voulez dire qu'il a déménagé juste après ?

— Non. Moi retourner là-bas trois jours plus tard. Loïk me dire c'est fini, je ne viens plus.

— Est-ce fréquent les clients qui mettent brutalement fin à leur contrat ?

— Non, répond-elle avec fatalisme, mais monsieur Peters client privé. Moi pouvoir rien faire.

— Vous n'aviez pas de moyen de le joindre ? Par portable, par exemple ?

— Non, lui trop vieux pour portable. Après ça, je décider travailler à maison de retraite, ajoute-t-elle avec un geste circulaire. Ici, toujours payée.

— Vous ne savez pas du tout où monsieur Peters a pu partir ?

— Hélas, non. C'était dernière fois que je voir monsieur Peters…

— Bien, dans ce cas, nous allons vous laisser, fait Katell en se levant. Merci encore de nous avoir accordé ce moment, et n'hésitez pas à nous appeler à l'un ou l'autre de ces numéros si quelque détail vous revenait, indique Katell en lui tendant leur carte de visite.

L'infirmière attrape le carton blanc entre deux doigts, l'observe muettement et finit par le glisser dans la poche de sa blouse.

Les deux policiers ne sont pas mécontents de retrouver la lumière du jour, même si le ciel voilé ne laisse guère au soleil le loisir d'épandre ses rayons. Mais la bâtisse sombre et mal chauffée ne donnait pas envie de prolonger indéfiniment leur séjour.

— Panne de secteur, tu parles, grogne Heurtel. Je pense plutôt que l'administration est une vraie pince, oui ! Qu'est-ce qu'il faisait froid dans cette salle !

— Détrompez-vous, corrige le collègue belge, cet établissement a toujours eu très bonne réputation. Et madame Janssens n'a pas menti, nous avons vraiment essuyé une terrible tempête avant-hier, qui a gravement endommagé le réseau électrique du secteur.

Heurtel répond d'un sourire embarrassé avant de demander :

— Je propose d'aller faire un tour à l'ancienne adresse de Peters ?

— Allons-y.

— Entendu.

Une fois installé au volant, Heurtel entre l'adresse du disparu dans le GPS embarqué, qui prévoit une arrivée à destination trente-quatre minutes plus tard. Le vieux monsieur habitait un lotissement ouvrier quasiment à la sortie de la ville. La petite maison devant laquelle ils se garent une demi-heure plus tard est à moitié enfouie sous un lierre grimpant qui monte à l'assaut de la façade avant de se perdre sous les tuiles du toit. Le jardin se limite à la parcelle devant la maison et est à l'abandon. Deux pots de plantation en plastique marron vides sont abandonnés sur la pelouse spongieuse et un transat défoncé est appuyé contre le grillage qui entoure la propriété. Un portique dépourvu de balançoire achève sa vie sur la pelouse clairsemée. Les volets sont tirés aux quatre fenêtres et de la boîte aux lettres fixée sur la porte d'entrée s'échappent des prospectus publicitaires. Heurtel entreprend aussitôt d'extraire les journaux gratuits qui dépassent de la fente, puis tente de glisser les doigts dans la fente.

— Laisse, fait Katell en introduisant ses doigts fins à l'intérieur.

Mais elle secoue la tête :

— Impossible d'attraper du courrier, s'il y en a au fond.

Par acquit de conscience, Heurtel sonne à la porte, mais plus personne n'habite cette maison.

— On peut vous aider ?

L'aboiement les fait se retourner d'un bond, pour apercevoir la mine patibulaire d'un voisin au front caché sous une casquette huileuse. Jeanis a déjà dégainé sa carte, l'autre rabat son caquet et explique un ton en dessous, dans un français parfait hérité d'une mère française :

— Désolé, c'est que, voyez, j'me méfie des squatteurs qui cherchent les baraques vides pour venir y faire leurs conneries !

Katell opine en silence.

— Vous savez où sont partis les gens qui habitaient ici ? demande-t-elle.

— Peters ? Ma foi, non, aucune idée. Un beau jour, je suis rentré de courses et ils étaient partis.

— Quand vous dites « ils », de qui s'agissait-il ?

— Peters père et fils ! réplique-t-il sur le ton de l'évidence.

— Vous n'avez aucune idée de l'endroit où ils ont pu aller ?

— Non, mais pourquoi ça vous intéresse tant ? C'est Loïk qu'aurait encore trempé dans un sale coup ?

— Loïk, c'est le fils ?

— Oui.

— Il posait des problèmes ?

— Un peu, oui ! riposte le bonhomme avec un regard prudent par-dessus son épaule, comme s'il craignait que des oreilles indélicates ne surprennent ses indiscrétions. Il trempait dans des p'tits trafics de drogue quand il était plus jeune, une fois ou deux c'est les gendarmes qui l'ont ramené au bercail, et j'peux vous dire que le vieux Peters l'a pas accueilli avec le sourire ! Ça non, alors !

— Quel travail faisait Loïk ?

— Aucune idée, répond le voisin en avançant sa lèvre inférieure épaisse et rouge sombre. Je sais qu'un temps, il a été employé à la chaîne à l'usine de boulons, mais il est pas resté. Qu'est ce qui s'est passé ? J'en sais rien, le père n'a jamais su me répondre… Ils étaient plutôt secrets, vous savez, les Peters. Claude était honnête mais le fils, c'était une autre histoire…

— Nous croyions que Claude Peters vivait seul ici, remarque Heurtel en fronçant les sourcils.

— Oui, Loïk était parti il y a une trentaine d'années. À son âge, il était temps qu'il vive sa vie, notez bien. Et puis récemment, il est réapparu dans l'coin, je ne sais pas où il habitait mais il était venu deux ou trois fois voir son père. Claude avait un début d'Alzheimer, à mon avis…

— Pourquoi dites-vous cela ?

— Il sortait les poubelles le mauvais jour et il oubliait où il cachait sa clé quand il allait au pain. Il y avait une dame qui passait régulièrement, je suppose que c'était pour voir s'il arrivait à se débrouiller seul. Et puis un beau jour, elle est plus revenue.

— Vous vous rappelez à quel moment ?

— Non. Mais je voyais bien que le vieux Peters se dégradait. Il devait oublier de se nourrir et se laver…

— Ça a duré combien de temps ?

— Je sais pas. Vous savez, moi, moins je m'occupe des autres, mieux je me porte !

— Je vois, fait Katell. Et vous pensez que le fils a pu revenir pour aider son père vieillissant ?

— Mouais, riposte l'homme en plantant ses poignes sur ses hanches, si on veut… Loïk était pas du genre « aidant », si vous voyez ce que je veux dire. Plutôt du genre à se servir !

— Il profitait de la faiblesse de son père ?

L'homme hausse les épaules en faisant la moue. Un vol de corbeaux passe bruyamment au-dessus des jardins, à l'arrière.

— J'ai toujours pensé que Loïk était revenu parce qu'il avait encore eu des problèmes. Il devait être fauché à nouveau et venait « emprunter » à son père, explique-t-il en dessinant des guillemets de ses gros index calleux.

— Il se comportait comment avec Claude Peters ? Il était violent ?

— Violent, je peux pas dire, j'étais pas toujours là à regarder, mais c'était pas un tendre, ça c'est sûr.

— Loïk est célibataire ?

— Il a été marié. Du moins, il a eu quelqu'un à une époque.

— Des enfants ? demande Katell machinalement.

— Il a eu une fille avec cette femme…

Ils remercient le voisin et lui laissent leur carte, même s'ils jureraient que ce dernier ne prendra pas la peine de donner un coup de main aux forces de l'ordre. N'étant pas mandatés pour pénétrer dans le domicile de Peters, et ce, malgré la présence de leur homologue belge, ils se contentent de faire le tour du jardin. Le mur arrière de la maison souffre d'un manque d'entretien et la parcelle de gazon est à l'avenant. Les volets fermés ne permettent pas de jeter un œil à l'intérieur et la cabane à outils, dont la porte ne ferme plus, ne montre qu'une tondeuse à gazon fatiguée et des râteaux rouillés. Katell prend en photo la maison et le jardin sous toutes leurs coutures, puis ils décident de procéder à une enquête de voisinage. Néanmoins, ils se rendent compte d'un détail qui leur avait échappé à leur arrivée : la plupart des habitations portent des panneaux « À vendre » sur leur portail. Katell exprime son étonnement.

— Ces maisons ont été construites à l'époque où on isolait grâce à l'amiante, explique Jeanis. Aujourd'hui, elles ne sont donc plus habitables et n'ont plus aucune valeur marchande.

— Elles sont pourtant à vendre…

— Oui, pour leur terrain uniquement.

— Et les habitants, où sont-ils ?

— Ils ont été relogés il y a trois ans dans une cité toute neuve, à quelques kilomètres d'ici.

— Et merde ! lâche Heurtel, on ne va pas aller interroger ses anciens voisins si vous nous dites qu'ils sont partis depuis trois ans.

Jeanis secoue la tête en ouvrant deux mains désolées. La nuit est déjà en train de tomber lorsqu'ils quittent le hameau de petites constructions ouvrières. Tandis que Heurtel démarre, Katell a entré le nom de Loïk Peters dans le moteur de recherche de son portable, mais autant chercher une aiguille dans une meule de foin, tant l'association de ces nom et prénom semble répandue dans le coin.

— Et maintenant ? demande-t-elle en se tournant vers le chauffeur dont le profil se découpe dans l'obscurité grandissante.

— Il faudrait que la PJ de Gand ouvre une enquête.

— N'y comptez pas trop, intervient Jeanis. Nous avons d'autres affaires plus importantes sur le feu.

Katell acquiesce tandis qu'elle compose le numéro du commissaire central. La voix de Pruteau lui parvient, assourdie et lasse. Elle lui expose la situation et raccroche rapidement.

— Tu avais vu juste. Il nous demande de rentrer et va contacter nos collègues de Gand pour qu'ils procèdent à une perquisition chez Peters.

Ils roulent en silence jusqu'au commissariat où ils déposent Jeanis, après l'avoir vivement remercié pour son aide. En redémarrant, Heurtel demande à sa passagère :

— On se trouve un Première Classe et on repart tôt demain matin ?

— Ça me va, fait Katell dans un bâillement, en reposant sa tête sur le dossier.

Mais elle se redresse aussitôt pour demander :

— Ça ne te dirait pas de dégoter plutôt un petit hôtel indépendant ?

— C'était à ce point terrible, hier soir ?

— Pire, souffle-t-elle dans un soupir grandiloquent.

Le conducteur éclate de rire et avoue qu'il n'a aucune envie de réitérer l'expérience de la nuit passée. Après avoir tourné un peu dans la vieille ville aux façades de brique rougeoyant au feu des réverbères, ils se garent sur le parking d'un petit établissement familial tenu par un vieux moustachu bedonnant, planté derrière son comptoir comme s'il avait pris racine dans le bois du meuble. Ils montent se rafraîchir dans leurs chambres aux lits une place recouverts d'un couvre-lit satiné vert kaki et aux tentures assorties, déjà tirées sur le ciel d'hiver. Une heure plus tard, sur le conseil du tenancier, ils ont opté pour un dîner choucroute dans une taverne du vieux Gand.

— Mais tu es végétarienne… Tu es sûre qu'une choucroute… ?

— Ne t'inquiète pas, je mangerai les légumes.

Elle avale une gorgée du vin blanc qu'elle a fini par accepter de prendre et demande :

— Pouvons-nous considérer que nous avons avancé sur le dossier Peters ?

— Malheureusement, tant qu'on n'aura pas retrouvé le fils, ce sera difficile de boucler cette affaire. Et puis, c'est étrange que Claude Peters ait été retrouvé si loin de chez lui…

— Il y avait peut-être des attaches ?

— Admettons, mais comment aurait-il pu arriver jusque-là tout seul ? Je te rappelle que le brave homme n'a plus toute sa tête…

— Et si c'était précisément ce Loïk qui l'y avait déposé ?

— Mais pourquoi ? Et pourquoi à Quimper ?

Elle secoue la tête en signe d'ignorance et plante sa fourchette dans un morceau de carotte. Elle laisse échapper un soupir de bien-être. Leur déplacement en Belgique n'aura peut-être pas été couronné de succès mais il aura au moins permis cette petite parenthèse. Enfin, elle parle pour elle, bien sûr… Elle lève les yeux vers son collègue occupé à lire quelque message sur son portable avec un air soucieux. Il éteint son téléphone en remuant la tête lentement de droite à gauche et le repose près de son assiette.

— Un souci chez toi ? ne peut-elle s'empêcher de demander malgré la promesse qu'elle s'est faite la veille de ne plus interférer dans la vie privée de Heurtel.

Il fait un geste de la main comme pour évacuer le sujet mais ramène ses yeux vers ceux de Katell et répond sans détour :

— C'est ma femme, elle a vu l'avocat…

— Ah ? Parce que vous…

— … divorcez, oui…

— Désolée, je l'ignorais.

— Je n'ai pas vraiment fait de publicité… ironise Heurtel sur un ton amer en attrapant son verre de blanc.

Ils poursuivent le dîner dans un silence soudain plus lourd et se quittent rapidement sur le seuil de leurs chambres respectives, sitôt après être rentrés à l'hôtel.

*

Comme prévu, elle s'est complètement foirée au contrôle de maths et Samantha s'est foutue de sa gueule. Samantha comprend plutôt bien les maths, et comme elle s'est fait aider par Fabien, un pion du foyer, pour préparer l'évaluation, elle s'en est bien tirée. Agacée par l'enthousiasme bruyant de Samantha, Charlène n'a pas traîné après les cours. Elle a jeté un œil dans le salon, Rosie n'y était pas, elle était peut-être sortie faire des courses. Cela arrivait de temps en temps, en particulier lorsque l'assistante sociale passait et notait le vide sidéral du réfrigérateur. À présent adossée à ses oreillers trop roses, elle allume son ordinateur et se connecte. Elle a décidé de ne plus correspondre avec Princecharmant mais elle ne l'a pas placé en indésirable, aussi peut-elle constater qu'il est actuellement en ligne. Mais elle s'en fiche, elle ne veut plus rien avoir à faire avec un vieux. Elle estime avoir perdu son temps en discutant avec un gars qui a peut-être au moins quarante ans, autant dire un vieillard. D'un autre côté, elle trouvait plaisant d'échanger avec lui et avait l'impression que les conseils qu'il lui donnait l'aidaient à faire des choix. En particulier pour ce qui concernait la suite de ses études. Princecharmant insistait pour qu'elle s'accroche et fasse tout son possible pour s'extraire de cette filière qui ne lui convenait pas en assurant ses arrières, c'est-à-dire en décrochant le BEP à la fin de l'année. Après, elle ferait un autre choix, lui avait-il expliqué, un choix plus en accord avec ses goûts. Elle n'a pas le temps de tergiverser longtemps, car il vient de remarquer qu'elle s'était connectée et, malgré leur séparation virtuelle, lui demande :

– Bonjour, Charlaine29, j'aimerais que tu me répondes, même si tu as décidé d'arrêter de me parler.

Elle ne réplique rien. Elle lui a bien dit qu'elle voulait cesser cette correspondance inutile. Pourtant, il insiste :

– Comment vas-tu aujourd'hui ?

Elle lit les mots qui s'affichent à toute vitesse sur l'écran. « Pour un vieux, il écrit super vite à l'ordi », ironise-t-elle pour finir de se convaincre de rester éloignée de lui. Mais déjà, ses mains échappent à son contrôle.

– Moyen, j'ai raté mon éval de maths.

– Ce n'est pas si grave, si ?

– Si, parce que je ne veux pas rester un an de plus dans cette école, et si je dois redoubler, c'est la merde…

– Oh, le gros mot !

– Pardon, s'excuse-t-elle sans protester, comme si elle avait vraiment un adulte responsable devant elle.

Elle ne sait même pas à quoi il ressemble ni à quoi il passe ses journées – en fait, elle n'ose pas le lui demander – mais elle accepte étrangement ses rappels à l'ordre, sans ciller.

– J'ai l'impression que tu es en train de perdre la motivation, je me trompe ?

– Non, c'est vrai.

– Tu veux en parler ?

– Il n'y a rien à dire de plus.

Elle se rend compte en écrivant ces mots combien elle se sent profondément découragée. L'impression que l'horizon se bouche toujours plus devant elle et que rien ni personne ne pourra l'aider à sortir la tête de l'eau.

– *On dirait que tu as besoin de te changer les idées.*

« Bien vu, monsieur le voyant ! », persifle-t-elle pour elle-même, tandis qu'elle sent sa gorge se serrer. Elle voudrait envoyer paître ce bonhomme dont elle ne sait finalement rien, et en même temps, une part d'elle-même a furieusement envie de lui répondre que oui, elle a besoin d'aide et de compassion. Elle n'est pas la fille dure et indestructible dont elle donne l'image en société. Elle a une mère incapable de veiller sur elle, un père aux abonnés absents et une amie qu'elle a envie de gifler quand elle a le succès triomphant. Alors elle est très seule. Très seule et très fragile. Car elle a seulement seize ans, on dirait que le monde autour d'elle a oublié ce petit détail. Du bout des doigts, comme si elle murmurait, elle écrit :

– *Oui.*

– *Qu'est-ce que tu proposes ?*

Perplexe, Charlène lit la dernière question sans trop savoir à quoi s'en tenir. Elle se demande quelle réponse il attend. Elle n'a pas envie de le décevoir, elle a l'impression de décevoir tellement de gens en ce moment…

– *???*

– *Désolée, je réfléchissais…*

– *À quoi ?*

– *Rien de particulier. Enfin, si, à ta question d'avant.*

– *À propos de te changer les idées ?*

– Oui…

– Tu es à court d'imagination ?

– Oui, je crois.

– Je te laisse réfléchir ?

– Oui. De toute manière, il faut que j'aille faire mes devoirs.

– Vas-y vite, mais n'oublie pas de réfléchir à ce que je t'ai dit !

– Promis.

Elle se déconnecte aussitôt, avec un sentiment inconnu de soulagement. Elle se sent légèrement effrayée par le tour qu'a pris la conversation. Elle essaie de se persuader qu'il n'y a aucune raison de ressentir cela mais elle a pourtant la sensation que sa gorge ne veut pas se desserrer. Elle entend du bruit en bas, sa mère doit être sortie de sa léthargie et se souvient peut-être que les êtres humains ont l'habitude de dîner, et les parents de nourrir leur famille… Une bonne chose que les surgelés existent, se gausse l'adolescente en se demandant si elle aura droit à des nuggets ou à de la quiche à peine décongelée pour son repas. Heureusement qu'elle n'a généralement pas trop d'appétit. Et qu'un rien lui profite.

De qui a-t-elle hérité ce métabolisme ? Pas de sa mère, c'est certain. Cette dernière, même dans les périodes où la dépression lui laisse un répit et que son appétit revient, garde toujours la même silhouette filiforme. Elle tient sans doute de son père. Cet inconnu lâchement disparu quand elle avait à peine trois ans, et dont elle ne garde aucune remembrance. En outre, rien ne peut raviver la flamme du souvenir, puisqu'aucune photo de son géniteur ne semble avoir jamais été prise de lui. Pas un cliché de mariage, pas un photomaton, aucun Polaroid, rien. À croire qu'il n'a même jamais existé. L'Immaculée Conception. Le jour où elle a découvert cette notion en cours d'histoire, elle se rappelle avoir intérieurement ricané, faisant le rapprochement avec sa propre et mystérieuse conception. Sa mère a toujours esquivé ses tentatives de questionnement à ce sujet, et elle n'a aucune branche à laquelle se raccrocher, trois de ses grands-parents étant morts avant sa naissance. Mais au lieu de se laisser mollement emporter par la lame de fonds du doute et des vaines interrogations, elle a depuis longtemps choisi de se convaincre qu'on n'a pas vraiment besoin d'un père dans sa vie. Quand elle voit comment s'est comporté celui de Samantha, très peu pour elle, merci beaucoup, elle préfère passer son tour… Cependant, il y a certains jours plus sombres que d'autres, quand Rosie n'est pas sortie de sa léthargie depuis bien trop longtemps, et que l'horizon semble définitivement bouché. Ces jours-là, elle pleurerait volontiers l'absence d'un père inconnu. Aussitôt, elle se déteste de céder ainsi aux sirènes d'une sensiblerie de midinette, et se répète qu'on peut parfaitement y arriver sans père dans sa vie. Et tant qu'on y est, sans mère. Voire ! Pour ce que la sienne lui apporte… Heureusement que Rosie a une pension d'invalidité et une allocation de mère isolée, cela leur permet de vivoter sans avoir besoin de trop mendier d'aide auprès des services sociaux. La jeune fille craint plus que tout d'être à son tour aspirée dans la spirale infernale du chômage et du surendettement. Aussi se dit-elle, avec une maturité qu'on n'attendrait pas chez quelqu'un de si jeune, qu'elle a intérêt à donner un coup de collier cette année, si elle ne veut pas se faire sucrer sa bourse. Manquerait plus que ça… songe-t-elle avec une inquiétude mêlée de honte anticipée, en se remettant tout de même à tchatter sur le Net, au lieu de logiquement retourner à ses leçons.

18

Heurtel n'est pas parvenu à se dérider durant le trajet de retour vers Quimper. Katell reconnaît qu'il a fait un effort louable pour sortir de son mutisme, mais l'atmosphère dans la voiture est restée lourde. La jeune femme a poussé un soupir de soulagement quand les deux flèches de la cathédrale se sont dressées dans le ciel de Quimper, avec en premier plan les parterres fleuris du jardin de l'Évêché.

Le lendemain matin, après être passés rendre compte à Pruteau et au groupe de l'avancée de leurs investigations en Belgique, les deux collègues ont réintégré leur bureau. Heurtel se racle la gorge :

— Désolé…

Elle l'interrompt d'un geste de la main.

— C'est bon, Julien, tu n'as pas à t'excuser.

— Tout de même, je n'ai pas été d'une compagnie agréable pendant le voyage retour.

— C'est bon, je te dis.

Elle s'étonne elle-même de son ton de voix plus assuré. Elle a l'impression que cette escapade belge, aussi courte fut-elle, a libéré quelque chose en elle. Des entraves ? Des barrières invisibles ? Son interlocuteur n'a pas l'air de s'en émouvoir outre mesure. Katell regarde son équipier à la dérobée, incapable de décider si elle doit forcer une communication qui paraît impossible ou attendre que la glace fonde à nouveau entre eux. Elle décide plutôt de consacrer son énergie toute relative à retracer l'itinéraire de Claude Peters, passé de la Belgique à l'ouest de la France, sans que personne se soit inquiété de sa disparition soudaine. Elle regrette qu'ils n'aient pu entrer dans la maison du disparu et attend avec impatience des nouvelles des services compétents de Gand. Le sort du vieil homme a semblé toucher le directeur de la PJ belge, qui s'est engagé à faire procéder au plus vite aux vérifications d'usage chez leur ressortissant hébergé en France. C'est finalement en fin d'après-midi, alors qu'elle se préparait à rentrer chez elle, que Jeanis, l'officier de la PJ de Gand la contacte. L'entretien téléphonique est rapide, le collègue l'informant de leur visite infructueuse au domicile de Peters.

— « Infructueuse » ? Comment ça ?

— Nous n'avons rien trouvé d'intéressant chez Peters.

Elle a un soupir de soulagement, elle a cru un instant qu'il allait lui dire que la maison avait été entièrement vidée de son contenu. Déjà, le collègue poursuit :

— J'ignore ce que vous cherchiez précisément, mais à première vue, nous n'avons rien constaté d'anormal : pas de trace de lutte ni de fouille méthodique. La maison, sans être parfaitement bien tenue, n'a rien montré de suspect.

— Vous avez pris des photos, voire des vidéos ?

— Bien sûr, répond-il sur le ton de l'évidence, je vous envoie tout ça par mail.

— Autre chose, Jeanis, est-ce qu'il y avait des photos dans la maison ?

Son homologue marque une hésitation, elle entend qu'il consulte des dossiers sur son bureau.

— Je viens de vérifier les clichés de l'intérieur de la maison : aucun portrait sur les murs ou ailleurs.

Elle sent la déception s'abattre sur elle.

— Attendez ! Et des albums photos, vous n'en avez trouvé aucun parmi les papiers de Peters ?

— Je vérifie la liste des pièces, indique-t-il dans un français à l'accent prononcé. Ah ! En effet, on a bien répertorié un vieil album photo. Vous en avez besoin ?

— Ça serait trop long d'obtenir l'autorisation de l'expédier ici. En revanche, si vous pouviez faire quelques captures d'écran ?

— Pas de soucis, mais je peux vous demander ce que vous comptez en faire ?

— Je me disais que quelques photos du passé pourraient peut-être rendre la mémoire au vieux Peters…

Dans les minutes qui suivent, les images de l'intérieur de la maison du disparu lui parviennent. Le collègue belge a dit vrai, rien n'attire l'œil dans ces photographies qui racontent la vie simple d'un citoyen sans histoire. L'ameublement du salon est banal et bon marché, la décoration réduite à deux ou trois objets de vitrine posés sur le dessus d'une commode et d'un vaisselier. L'aménagement des trois autres pièces est à l'avenant, fonctionnel et ordinaire. Vient ensuite ce qui intéresse davantage Katell, à savoir les copies du vieil album photo à couverture en cuir râpé que le collègue a exhumé du fond de l'armoire de la chambre. Katell se tourne vers Heurtel pour qu'il vienne voir le mail qu'elle a reçu, mais la mine renfrognée de ce dernier l'en dissuade. D'ailleurs, comme un fait exprès, il repousse sa chaise à cet instant précis et annonce qu'il rentre. Elle ne le retient pas. Elle agrandit les images jaunies sur son écran et plisse les yeux pour mieux distinguer les traits des personnes qui s'affichent. Les clichés sont anciens et leur grain de piètre qualité. En tout, il semble que seulement quatre visages occupent le cadre. Soit Claude Peters a fréquenté peu de monde au long de sa vie, soit il a à un moment donné choisi de faire le vide autour de lui. Sur les images prises en bord de mer ou dans une maison qui pourrait être celle dans laquelle il vivait au moment de sa disparition, gravitent Claude Peters, une femme qui devait être son épouse, un homme qui pourrait être son fils Loïk, et une petite fille. La gamine était blonde, avec des cheveux longs et raides, des yeux bleus ou peut-être gris, clairs en tout cas. Le voisin de Claude Peters a bien évoqué l'existence d'une petite-fille qu'il semble n'avoir pas vue depuis très longtemps. Quel âge a cette fillette aujourd'hui ? Les clichés montrant l'enfant ne renseignent pas vraiment Katell sur la période à laquelle ils ont été pris. Il y a vingt ans ? Il y a dix ans ? Les vêtements ne correspondant pas à une mode vestimentaire bien précise. Pensivement, elle regarde ces photos avec l'impression confuse de pénétrer le jardin secret du vieil homme. C'est pourtant son métier de fouiller les secrets et traquer les non-dits, mais elle ne se souvient pas avoir jamais eu à sonder l'univers de quelqu'un qui n'en a nulle conscience. Elle en est là de ses réflexions quand elle entend qu'on frappe à la porte restée ouverte. Elle retient une exclamation de surprise en voyant Heurtel s'encadrer dans la porte.

— Je voulais savoir si tu as reçu les photos de chez Peters, demande ce dernier sans plus d'explication sur son retour inopiné.

— Absolument.

— Je peux voir ? fait-il en se penchant par-dessus son épaule.

— Je t'en prie, réplique-t-elle en s'écartant légèrement.

— Ils sont quatre, toujours les mêmes, constate Heurtel. Le père, Claude Peters, feu sa femme, son fils Loïk, et la fille de celui-ci ?

— Je suppose, oui. Et j'étais en train de me demander quel âge aurait cette gosse aujourd'hui.

— Difficile à dire avec ces mauvais clichés. En plus, leurs fringues ne correspondent pas une époque particulière, je me trompe ?

Elle opine en souriant, étrangement contente qu'il soit arrivé aux mêmes conclusions qu'elle.

— À présent, je me demande que faire de ces photos. Les montrer à Peters ?

— Ça fera peut-être un déclic dans son cerveau fatigué, sait-on jamais ? Mais avant ça, appelons le voisin de Peters, pour savoir ce qu'il se rappelle au sujet de l'enfant.

— Et de sa mère, ajoute Katell, il devait bien y avoir une mère dans l'histoire…

— C'est pas faux. Tu veux que je m'en charge ?

Elle regarde l'heure à la pendule murale, il est près de vingt heures, une heure encore décente pour appeler un témoin. Heurtel est allé s'asseoir derrière son bureau et réussit à joindre le voisin. Ils s'entretiennent quelques minutes au téléphone, Heurtel notant scrupuleusement ce que l'autre lui dit.

— Alors, résume le commandant en raccrochant, Loïk aurait fréquenté brièvement une femme, une certaine Rose. Il ne connaît pas son nom de jeune fille, ni son lieu de résidence. Il ignore d'où elle était et si elle est restée en contact avec Loïk. Il l'a vue il y a une quinzaine d'années, à l'époque où la gosse est née.

— Elle aurait donc quinze ou seize ans aujourd'hui ?

— Grosso modo. Il n'a pas pu se montrer précis sur la date.

— T'a-t-il dit où on pourrait trouver la mère et la fille ?

— Pas du tout. Il semble que le couple n'ait pas tenu au-delà d'un an après la naissance de la gosse, et ensuite, pfuiiiit, plus jamais revu la mère.

— Et la petite-fille ?

— Non plus.

— Connait-il le nom de l'enfant ?

Heurtel secoue une tête navrée.

— Zut !

Elle se malaxe le bas du visage, geste qui traduit toujours chez elle une vive interrogation.

— Et il est trop tard pour aller montrer ces photos à Papi. Qu'est-ce qu'on fait ?

Heurtel repousse sa chaise.

— On s'arrête là. Il faut bien que je me décide à rentrer chez moi à un moment ou à un autre…

— Ou alors…

— Ou alors quoi ?

— Et si on publiait les photos de la gosse sur les réseaux sociaux ?

19

Depuis sa brève rencontre avec Jean-Louis, Jeanne est partagée entre un sentiment d'impuissance et le soulagement de l'avoir trouvé en relative bonne forme pour quelqu'un qui a échappé à un attentat et qui, depuis, vit reclus. Lefèvre est assis en face d'elle, occupé à mastiquer un sandwich américain dont la mayonnaise s'échappe d'entre les deux demi-baguettes. Ils sont installés dans un café où ils ont l'habitude de déjeuner sur le pouce, quartier de la place au Beurre. Le patron, surnommé « Menotte » par les collègues du commissariat qui connaissent son passé un peu trouble, est accoudé au bar.

— Tout va bien, les gars ? hèle-t-il à travers la salle.

— Oui, merci, Menotte, et toi ? sourit Jeanne.

— Les temps sont un peu durs, ronchonne le patron en montrant la salle pourtant pleine à craquer.

— Tu exagères, tu n'as jamais eu autant de clients !

— Peut-être, mais aujourd'hui, ils rognent sur le dessert et la boisson, se plaint le tenancier. « On prendra une carafe d'eau. Et pas d'entrée, merci », prononce-t-il avec humour.

— Bon courage ! répond Jeanne en riant de bon cœur.

Lefèvre s'essuie la bouche et demande :

— Comment as-tu trouvé Jean-Louis quand tu l'as vu ?

— Il tient le coup. En revanche, il ne m'a rien appris qui puisse faire avancer l'enquête.

— Si ça peut te rassurer, indique Lefèvre la bouche pleine, en projetant des miettes autour de lui, je ne suis pas plus informé que toi… Et ton affaire de pédophilie, tu en es où ?

— Je me suis connectée hier soir sur le site où je discute avec Casanova.

Malgré lui, Lefèvre s'est raidi, comme si Jeanne était réellement prise entre les serres d'un prédateur sexuel.

— Et ?

— C'est bizarre, mais il m'a semblé moins empressé que la dernière fois.

— Il se méfie peut-être ?

— J'espère que non, ça risquerait de compromettre les chances de le pincer. Il m'a juste demandé comment j'allais, sans me proposer de nous rencontrer.

— Affaire à suivre, conclut Lefèvre en jetant un œil gourmand à l'ardoise des desserts.

Après avoir dégusté ses profiteroles jusqu'au dernier gramme de chocolat, Lefèvre donne le signal du retour au service. Ils quittent la place au Beurre entourée de ses hautes maisons à colombages, sur laquelle le temps semble s'être arrêté. Puis ils redescendent vers les quais que baigne une douce lumière d'hiver. Par commodité, ils décident de s'installer dans le bureau de Jeanne, où Lefèvre a transporté une petite table et son ordinateur. Face à l'écran qui s'allume, il se demande à nouveau s'il doit chercher l'implication de Perrot dans une affaire en tant que commissaire, c'est-à-dire une affaire vieille de moins de deux ans, ou s'il doit retracer toute sa carrière. Tâche d'autant plus ardue qu'il ne peut demander à accéder au dossier de Jean-Louis sans éveiller les soupçons de la hiérarchie. De son côté, Jeanne s'est remise sur l'affaire Casanova. Tout en avalant son café à petites gorgées, elle s'interroge sur leurs chances de prendre le pédophile en flagrant délit. La stratégie d'approche mise au point donnera-t-elle un résultat ? Casanova ne risque-t-il pas à un moment donné de deviner que derrière Shirley se cache une policière ? Le cas échéant, il risque de clôturer son compte sur le site de rencontre en ligne et d'aller chasser sur un autre territoire. Elle choisit de ne pas chercher à le relancer pour le moment et le laisser venir. De toute manière, si elle est vraiment la lycéenne de quatorze ans ingénue qu'elle prétend être sur la toile, elle n'est pas censée se montrer insistante, et encore moins aguicheuse. Cependant, rien ne l'empêche de se connecter, histoire de voir si le prédateur est en chasse. Elle s'identifie sur la messagerie et tombe étrangement sur un message indiquant que l'interlocuteur n'est plus actif. Avec rage, elle frappe du poing sur la table, faisant sursauter Lefèvre.

— Qu'est ce qui t'arrive ?

— On dirait que j'ai eu du flair, Hubert, Casanova a supprimé son compte !

— Montre ça, fait Lefèvre en venant se poster près de Jeanne. Tu permets ?

— Bien sûr, mais qu'est-ce que tu comptes…

Elle s'interrompt en le voyant soudain très absorbé, ses doigts virevoltent à toute vitesse sur les touches.

— Casanova a peut-être disparu mais il est réapparu sous une autre identité ! s'exclame-t-il en lui désignant l'écran.

— Explique !

— Comme tu l'avais imaginé, ils sont peut-être plusieurs à se cacher derrière ce pseudo, ou alors c'est le même type qui se réfugie derrière une autre identité parce qu'il sent qu'on se rapproche de lui…

— Tu veux dire que Casanova serait toujours actif ?

— Apparemment, regarde ! Et il a rendez-vous demain, esplanade François Mitterrand…

*

Enfermé dans la petite maison de location au bout de son impasse inhabitée, Perrot broierait du noir si l'espoir d'en sortir bientôt ne le maintenait en alerte. Depuis qu'il a eu le bonheur fugace de serrer Jeanne dans ses bras, à Pors Carn, il ne l'a pas revue, et il sait qu'il serait imprudent qu'ils se rencontrent à nouveau. Et si Jeanne était suivie depuis le début de toute cette affaire ? Et si elle-même était dans le collimateur de ces fous furieux ? Elle est policière, elle aussi, c'est peut-être la prochaine cible. Et puis elle doit faire attention, ne serait-ce que pour protéger sa fille Aurélie. Dieu seul sait de quoi ce type ou ces types sont capables. Perrot songe à Hubert, dont il se doute qu'il n'est pas resté les bras ballants à attendre que ses collègues saisis par le parquet mènent l'enquête. Pour autant, Perrot ignore si celui-ci a fait des recherches concluantes et si le cas échéant, il choisirait de les transmettre aux autorités. ou bien s'il ne préférerait pas agir seul jusqu'au bout. Seul ou avec Jeanne, cela va sans dire. Perrot se sert une nouvelle tasse de mauvais thé et se prend à rêver à une tasse de chez Mariage Frères. C'est promis, s'il en sort vivant, il se précipitera aux halles de Quimper s'acheter de bons produits de bouche. Il pense à l'enquête, ignorant si elle avance ou pas. Pruteau non plus que le procureur ne le tient vraiment informé des avancées de l'affaire, s'il y en a. À peine sait-il que l'enquête de voisinage autour de l'appartement soufflé par l'explosion n'a pas été fructueuse. La personne censée être retenue avec ses deux enfants dans son propre appartement n'aurait pas été présente au moment de l'attaque. Le terroriste a sans doute fait entendre un enregistrement afin de faire croire qu'ils étaient bien à ses côtés. Perrot a appris que la jeune locataire est introuvable depuis lors, elle serait partie au bled, selon le témoignage d'une voisine de l'immeuble. Mais hormis ce renseignement, aucune information ne lui a été communiquée, comme si l'enquête était au point mort. Il pense à nouveau à Jeanne ; il suppose qu'elle n'a pas les coudées franches pour enquêter sur l'attentat, du fait de leur trop grande proximité.

Et puis elle est en ce moment plongée jusqu'au cou dans une sordide affaire de pédophilie. Le reclus devine comme cela doit être dur pour Jeanne, elle-même mère d'une adolescente, de prendre le recul suffisant pour enquêter sur des prédateurs sexuels. Pourtant, il n'a aucun doute sur son professionnalisme et ses qualités de rigueur et de sang-froid.

20

Il n'y a pas eu besoin de trop pousser Heurtel pour qu'il reste au service. Quant à Katell, rien ni personne ne l'attendait chez elle ce soir-là, comme tous les autres soirs de l'année. À voir son collègue se rasseoir à sa place avec un air de contentement sur le visage, elle s'est demandé si, au fond, il était vraiment enviable de vivre en couple pour en arriver là. Néanmoins, elle sait que c'est l'envie qui la fait penser ainsi.

« Bonne idée », a répondu Heurtel à la suggestion de faire paraître le portrait de la petite-fille de Claude Peters.

Aussitôt, Katell s'est connectée à ses propres comptes Facebook et Instagram sur lesquels la policière, prudente, existe sous un pseudonyme. Elle a immédiatement publié les photos de la petite blonde aux cheveux longs et aux yeux clairs, avec la banderole suivante : « *Merci de me contacter en MP au cas où vous reconnaîtriez cette petite fille photographiée en Belgique, probablement à Gand ou sa région* ».

— Tu crois que ça peut donner un résultat ? s'inquiète-t-elle soudain en quittant Facebook.

— Je n'en sais rien, mais ce qui est sûr, c'est que les jeunes adorent se lancer des chaînes de défis sur la toile, du genre « *Poste une photo de toi petit et demande à un ami de faire pareil* ». Alors, on peut espérer que nos photos attireront l'attention de quelqu'un.

— Et demain matin, j'irai montrer ces mêmes photos à Claude Peters à la maison de santé.

— Je t'accompagnerai.

— On n'a pas besoin d'y aller à deux…

— Je sais.

Elle le regarde sans répondre.

*

Dès neuf heures le lendemain, ils s'engagent dans l'allée non carrossée bordée de marronniers, et se garent devant la résidence qui héberge le vieil amnésique. Un pâle soleil d'hiver s'est levé sur la campagne endormie, révélant la froide rosée qui vernit les feuillages rares et fige la terre. À l'intérieur, la même impression de décrépitude que Katell a ressentie la première fois, et toujours cette odeur prégnante d'humidité que rien ne paraît pouvoir endiguer.

— Commandant Heurtel et capitaine Le Scornec, nous voudrions parler à monsieur Peters.

— Cela va être difficile, répond l'infirmière qui les reçoit à l'accueil avec un demi-sourire, notre pensionnaire ne parle pas.

— Je me suis mal exprimé, corrige Heurtel un peu plus sèchement qu'il ne l'aurait souhaité, disons que nous souhaitons le voir.

— Suivez-moi jusqu'à sa chambre.

Le pensionnaire est vêtu du même pyjama à rayures défraîchi que l'autre fois et des mêmes charentaises un peu larges. Il est assis face à la fenêtre, dans l'unique fauteuil à dossier haut et revêtement en skaï marron de la petite chambre. Le lit n'a pas encore été refait et le plateau du petit-déjeuner est toujours sur la table. Une biscotte à demi grignotée est abandonnée à côté d'un bol de café au lait vide. Claude Peters n'a pas réagi à leur entrée dans la pièce mais se rend compte de leur présence lorsqu'ils se postent entre lui et la fenêtre. On dirait même qu'il esquisse une sorte de sourire lorsqu'il aperçoit Katell. Mais celle-ci n'en jurerait pas, tant le regard de l'homme paraît perdu.

— Bonjour, monsieur Peters, commence-t-elle en détachant chaque syllabe, vous me reconnaissez ? Je suis passée l'autre jour. Je suis policière, et voici mon collègue, Julien Heurtel. Vous vous rappelez ? J'étais venue pour vous aider à retrouver votre identité.

Le vieux monsieur, occupé à disperser les miettes de sa biscotte sur le plateau, ne manifeste aucun intérêt pour les explications de la visiteuse. Katell déverrouille alors son mobile et le pose sur la table devant Peters. Puis elle s'agenouille à hauteur de son regard. S'il prête peu d'attention à sa présence, celle du téléphone semble un peu plus l'intéresser. Il attrape l'objet entre ses doigts et le caresse comme s'il se fut agi de quelque objet précieux. Puis il le repose et s'attaque à nouveau à la dispersion des miettes de biscotte, tout en se mettant à fredonner ce qui pourrait ressembler à une chanson. Elle se met à nouveau à genoux et pousse son portable sous les yeux du monsieur, à nouveau pleins d'intérêt. Elle fait lentement défiler les photos envoyées par le collègue de Gand, sans que Peters ne laisse transparaître la moindre émotion, quand soudain, il se tend et retient son souffle. Heurtel regarde l'écran par-dessus l'épaule du bonhomme, c'est l'image de la petite fille qui sourit sous ses mèches blondes qui vient ainsi de le bouleverser.

— Vous connaissez cette enfant, monsieur Peters, n'est-ce pas ? C'est votre petite-fille ?

L'homme subjugué ne parvient à détacher ses yeux de l'écran. Tout à coup, il attrape le mobile et le colle à toucher ses rétines, comme s'il pouvait ainsi atteindre l'enfant. À son tour, Katell insiste d'une voix encourageante :

— Qui est cette petite fille, monsieur Peters ? C'est la fille de Loïk, votre fils ? Et comment s'appelle-t-elle ? Vous pouvez nous le dire ?

L'homme abandonne brusquement le portable, qui retombe lourdement sur le formica de la desserte roulante. Katell le récupère prudemment tandis que l'homme rompt enfin le silence pour murmurer, en hochant vivement la tête : « Laine ! Laine ! Laine ! ». Afin de le calmer, Heurtel pose une main légère sur l'épaule du vieillard agité pendant que Katell, toujours accroupie, continue à lui sourire. L'homme se détend peu à peu mais son regard se fait encore plus vide qu'à leur arrivée. Il s'est remis à chantonner, totalement oublieux de la présence de ces inconnus dans cette chambre qu'il semble découvrir. Les deux visiteurs décident de ne pas insister et quittent la maison de santé sans avoir obtenu de réponse à leurs interrogations. Une chose est sûre, cependant, c'est que la petite fille blonde a éveillé des souvenirs en lui, ou du moins, de fortes émotions.

— Encore ce « laine » qu'il dit et répète invariablement, s'étonne Katell en bouclant sa ceinture de sécurité.

— Sauf que cette fois, c'est en voyant la photo de la gamine qu'il a dit ce mot, note Heurtel en passant la première pour aborder la longue allée caillouteuse.

— Et s'il s'agissait du prénom de la petite ?

— « Laine » ? Drôle de prénom, tu avoueras.

— C'est peut-être un prénom belge ?

— Mouais…

Ils sont allés rendre compte au commissaire Pruteau de l'avancée de l'enquête concernant le vieux Belge, mais celui-ci a affiché un visage sans expression et les a laissés repartir sans un mot.

— Il en a clairement rien à foutre du sort de Papi, a maugréé Heurtel en sortant du bureau du central.

— Remarque, ce n'est pas non plus d'un intérêt national, a souri Katell en ouvrant la porte de leur bureau partagé.

Néanmoins, malgré ce qu'elle vient de dire, elle fera tout ce qui est en son pouvoir pour sortir Peters de son brouillard. Machinalement, elle se connecte sur son compte Facebook et remarque l'icône de sa messagerie qui clignote. Un message bref y a été posté l'heure précédente, soit très rapidement après l'avis de recherche qu'elle y a laissé.

« *Je connais cette fille sur la photo, mais je ne sais pas qui vous êtes…* ».

Impossible de savoir qui se cache derrière le pseudo et l'image de chatons dans un panier qui l'accompagne. Même si elle se défend de préjugés sexistes, Katell pencherait pourtant pour un individu de sexe féminin, imaginant mal un homme illustrer sa page personnelle de chatons adorables. Mais encore une fois, elle sait que derrière cette photo de profil attendrissante se cache peut-être un criminel en puissance.

« *Je connais cette fille sur la photo, mais je ne sais pas qui vous êtes…* ».

La policière comprend parfaitement la réticence de la personne qui a laissé ce mot sur sa messagerie. Mais comment la mettre en confiance sans décliner son statut de policière ? Katell tortille sa tresse nerveusement, en fronçant les sourcils.

— Un coup de main ? demande Heurtel.

— J'ai eu une réponse mais la personne veut savoir à qui elle a affaire.

— Dis-lui la vérité.

— C'est-à-dire ?

— Un grand-père recherche sa petite-fille qu'il n'a pas vue depuis longtemps.

— C'est un peu court…

— Mais à moitié vrai.

— Si tu le dis… soupire Katell tandis qu'elle réfléchit à la manière de déjouer la prudence de son correspondant. Elle choisit de mentir un peu.

« *Je comprends. Je suis auxiliaire de vie et je m'occupe d'un vieux monsieur fragile qui recherche sa petite-fille, qui serait celle que vous avez reconnue sur la photo. Si vous avez des informations sur cette jeune fille, monsieur Peters serait ravi d'en avoir. Cordialement.* »

Elle relit le bref message, doutant qu'il permette de convaincre son correspondant anonyme. Pourtant, elle l'envoie. Le bruit de glissade du message électronique envoyé lui fait prendre conscience du calme qui règne dans leur bureau depuis quelques jours. Précisément depuis qu'elle a demandé de l'aide à Julien pour élucider le mystère de Papi. Elle tourne la tête vers lui et s'étonne de le voir travailler sans faire claquer son pot de stylos sur le bureau ou sans bâiller à s'en décrocher la mâchoire. Comme si, malgré ses soucis conjugaux, il se sentait plus serein.

21

Le dispositif d'interpellation s'est monté très rapidement, le plan d'attaque ayant été mis au point dès le début de l'enquête sur le réseau de pédophilie. Avisés de la tournure qu'ont pris les évènements, Jeanne, Heurtel, et trois autres collègues se sont postés dans des voitures banalisées aux quatre coins de l'esplanade François Mitterrand, entourée de bâtiments anciens rénovés. Ils ont imaginé que l'homme attendrait discrètement dans le passage entre le Théâtre de Cornouaille et l'École européenne supérieure d'art. Ils le repèrent en effet, essayant de se fondre dans la masse brune de l'arrière du théâtre sur lequel grimpent des escaliers de secours résolument modernes. Au signal, ils se sont approchés de l'individu se dirigeant d'un pas tranquille vers une jeune fille qui trompait son anxiété en triturant son écharpe et son portable, tout en jetant des regards alentour. L'opération s'est faite de manière étrangement calme, même si, pour la forme, le pédophile présumé a commencé par clamer son innocence avant même que lui soit notifié le motif de l'interpellation. Il a été mis au frais en cellule dès son arrivée, les enquêteurs préférant d'abord s'entretenir avec la jeune victime.

Mal à l'aise, Charlène se tortille sur sa chaise et malmène la longue anse de son sac. Il y a un va-et-vient continu dans les couloirs et des éclats de voix étouffés lui parviennent, dont elle ignore s'ils sont pleins de colère ou d'enthousiasme. On a posé un jus d'orange devant elle sur le bureau, sans lui demander si elle en voulait. Elle n'aime pas trop, elle trouve ça un peu aigre d'habitude, mais là, bizarrement, elle l'apprécie. Son gobelet est vide, elle ne sait pas où elle doit le jeter. Elle regarde autour d'elle, avise une corbeille à papier et se lève pour s'en débarrasser. Elle sursaute à l'arrivée de la policière, qui dit en s'asseyant derrière son bureau :

— C'est bien, tu as trouvé la poubelle !

Charlène la regarde avec un air interrogateur. Jeanne se croit obligée d'expliquer :

— Certains se contentent de laisser tomber leur verre vide par terre.

Charlène lève un sourcil surpris et opine.

— Tu sais pourquoi tu es là ? demande Jeanne. Au fait, ça te dérange que je te tutoie ?

L'adolescente fait non de la tête.

— Je reprends donc, sais-tu pourquoi tu es là ?

— Non, fait Charlène en avançant la lèvre inférieure.

— Tu avais rendez-vous aujourd'hui…

L'adolescente se demande s'il s'agit d'une affirmation ou d'une interrogation, mais le visage lisse de la policière ne la renseigne pas.

— Un rendez-vous ? balbutie-t-elle.

— Oui, à quatorze heures, esplanade François Mitterrand.

Comment cette flic peut-elle être si bien renseignée ? Personne n'était au courant de cette rencontre prévue avec Princecharmant, qui bizarrement, hier, a changé son nom en Casanova. Un trait soucieux vient barrer son front clair tandis qu'un éclair traverse son regard. Le changement n'échappe pas à Jeanne qui explique doucement :

— Tu n'as rien à te reprocher, Charlène, ce n'est pas contre toi qu'on en a.

La jeune fille hoche doucement la tête, mais elle a l'air toujours aussi inquiet. Si ce n'est pas après elle que la police en a, c'est après Princecharmant, ou devrait-elle plutôt dire Casanova ? Mais qu'est-ce qu'il a fait de répréhensible ? Elle n'en a aucune idée, il a à peine eu le temps de s'approcher avant que la police débarque et lui passe les menottes. Ils étaient en civil, quatre flics qui faisaient mine de se balader sur la place et qui, tout à coup, sont tombés sur lui à bras raccourcis. Ils l'ont emmené dans une voiture de police qui était garée un peu plus loin et elle-même a été conduite dans un véhicule banalisé. Sur le bref chemin les menant au poste, la policière, assise sur le siège passager, était tournée dans sa direction et lui expliquait qu'on allait lui poser quelques questions mais qu'elle devait se rassurer car elle n'avait rien fait de mal. Elle a ajouté qu'on allait faire venir ses parents car on ne pouvait l'interroger qu'en présence d'un adulte responsable. Charlène a indiqué que sa mère ne se déplacerait pas et que son père n'existait pas. Ils ont tout de même essayé de joindre Rosie, mais la voix pâteuse de cette dernière les a convaincus de l'inutilité de la faire venir. Ils ont alors contacté l'assistante sociale qui s'occupe de la mère et la fille. Tout cela a pris du temps, et à présent, le ciel commence déjà à s'obscurcir à travers la fenêtre qui se découpe dans le dos de la policière occupée à prendre sa déposition.

— Tu avais rendez-vous avec un homme. Tu le connaissais ?

— Oui.

— Tu sais comment il s'appelle ?

Elle hausse les épaules. Comment dire à cet officier qu'elle avait rendez-vous avec un type répondant au nom ridicule de Princecharmant ?

— Tu ne connais que son pseudo, c'est bien ça ? demande Jeanne sur un ton toujours aussi doux.

— Ou… oui…

— Qui est ?

— Princecharmant, lâche Charlène à regret.

— C'est ça, Princecharmant. Il n'en a pas d'autre ?

L'adolescente hoche la tête et murmure à contrecœur :

— Si. Hier, il a changé son nom en Casanova.

— Et comment connais-tu cet individu ?

— Je tchattais avec lui sur un site de discussion…

— Quel type de site ?

— Un truc de jeunes ! répond Charlène d'un ton brusque.

— C'est-à-dire ?

— C'est un site où on peut discuter de tas de trucs.

— Avec des inconnus ? ne peut s'empêcher de s'étonner Jeanne.

Malgré elle, la réticence a transparu dans sa voix. L'adolescente rétorque, l'air buté :

— Ben oui, c'est l'principe !

— D'accord. Donc tu « rencontres » ce monsieur, tu parles avec lui « de tas de trucs », comme tu dis, et un jour, tu décides de le rencontrer en vrai, c'est bien ça ?

— C'est lui qui m'a proposé…

— Tu étais d'accord ?

— Oui…

— Pourquoi voulais-tu le voir en vrai ?

— Je ne sais pas, hésite la jeune fille en se tordant les mains. Il m'a proposé, et j'ai pensé que c'était une bonne idée, vu que j'avais pas trop l'moral et tout ça…

Jeanne s'appuie au dossier de fauteuil sans la quitter des yeux. Calmement, elle insiste :

— Et tu ne trouvais pas bizarre qu'un homme inconnu cherche à te rencontrer ?

Piquée au vif, Charlène se redresse.

— Je sais à quoi vous pensez ! se défend-elle. Aux mecs chelous comme les pédophiles… Mais lui était pas pareil, il s'exprimait bien et il m'écoutait. Il parlait de mes études, tout ça. Il m'a jamais demandé de photos, ni de trucs dégueulasses.

Elle se mord la lèvre en s'entendant prononcer l'adjectif grossier, mais Jeanne la rassure en élevant la main.

— Encore une fois, Charlène, tu es mineure, tu n'as donc rien à te reprocher dans cette histoire, mais c'est précisément parce que tu es très jeune que tu dois être protégée.

— Mais il ne m'a rien fait de mal !

— Il n'en a pas eu le temps…

— Mais vous n'en savez rien ! se rebiffe la jeune fille, soudain vexée de passer pour une victime trop naïve.

— Tu sais, ce genre d'individus ne cherche généralement pas qu'à discuter, argue Jeanne avec ménagement.

— On était en plein jour, je ne risquais rien !

— C'était une première rencontre, il voulait peut-être te rassurer, avant de te proposer un autre rendez-vous ailleurs, plus tard.

Charlène hausse une épaule avec dédain et plante son regard sur le mur à droite de la policière. Soudain, elle se fige, tandis que le sang reflue de ses joues encore rondes de l'enfance.

Son trouble n'a pas échappé à Jeanne, qui tourne lentement la tête vers ce qui semble retenir l'attention du témoin. C'est là qu'elle voit l'agrandissement de mauvaise qualité placardé sur le mur. Celui d'une toute petite fille souriant à l'objectif. Jeanne ramène sa tête dans l'axe et d'un ton dégagé, s'enquiert :

— Tu la connais, cette petite fille sur la photo ?

— N… non.

— Elle te fait penser à quelqu'un ?

— Mais non, j'vous dis !

— Bien, revenons à nos moutons…

Charlène se demande bien pourquoi cette policière parle de moutons, mais ce qui l'intrigue avant tout, c'est cette photo un peu floue punaisée au mur. Généralement, ce sont bien les gens recherchés pour délits graves dont on colle le portrait au mur, non ? Ou encore les enfants kidnappés que les parents désespérés cherchent pendant des décennies parfois ? Alors, pourquoi cette petite fille souriante s'y expose-t-elle ? Mal à l'aise, Charlène écarte les yeux de la photo et les ramène vers la policière qui vient apparemment de lui poser une question.

— Comment ? demande Charlène.

— Je disais, répète patiemment Jeanne, comment Princecharmant est-il entré en contact avec toi ?

— Sur le tchat, je vous l'ai déjà dit.

— Oui, bien sûr, mais penses-tu qu'il t'a approchée par hasard ?

— J'en sais rien…

— Est-ce qu'il pourrait t'avoir choisie ?

Charlène ne sait que répondre. Elle aimerait pouvoir clamer qu'elle est l'élue, celle qui a été désignée parce qu'elle avait quelque chose de plus que les autres, mais en réalité, elle suppose que Princecharmant l'a piochée au hasard.

— J'en sais rien, répète-t-elle en secouant la tête.

— Tu te connectes sous ton nom, n'est-ce pas ?

— Personne ne le fait ! se défend l'adolescente.

— Ce n'était pas une critique, Charlène, juste une question. Bien, tu peux me dire sous quel pseudo tu es inscrite sur ce forum ?

— Charlaine29.

Puis elle se rembrunit encore pour demander d'une petite voix :

— Qu'est ce qui va se passer pour lui maintenant ?

— Il est interrogé en ce moment même.

— Et ensuite ?

— La procédure suivra son cours.

— Ça veut dire quoi ?

Jeanne se rappelle brusquement que sous ses airs bravaches, la jeune fille assise devant elle n'est encore qu'une enfant.

— Ça veut dire qu'il va devoir expliquer pourquoi il a cherché à communiquer avec une mineure sur Internet.

— Et après ? demande Charlène avec un regain d'assurance. S'il dit qu'il voulait juste m'aider, c'est pas interdit !

— Je crains que si…

— Mais pourquoi ?

— Tu viens d'avoir seize ans et tu ne connaissais pas ses véritables intentions.

Le visage de l'adolescente se ferme davantage si cela est possible, tandis que Jeanne lui tend sa déposition.

— Tu vas pouvoir signer et t'en aller. Au besoin, nous te ferons à nouveau signe. Et de ton côté, n'hésite pas à nous contacter.

Charlène griffonne un semblant de signature et repousse brusquement sa chaise. Sans un au revoir, elle sort du bureau et se dépêche de quitter l'air renfermé du commissariat.

22

Dans un bureau voisin, l'air est encore plus irrespirable, mélange de corps échauffés et de sueur peureuse. L'homme arrêté en flagrant délit est assis sur une chaise, la main gauche prudemment menottée au barreau. Un Heurtel énervé lui fait face. Jeanne est derrière le suspect, adossée au mur. Cela fait quinze minutes à présent qu'ils cuisinent le pédophile présumé.

— Quelque chose m'échappe, argue Heurtel en plissant le front, tu prétends que tu ne cherchais pas à entrer physiquement en contact avec ces jeunes filles ?

— Oui, répète l'individu sourdement.

— Mais à qui veux-tu faire croire ce genre de conneries ! s'emporte le commandant en frappant du poing sur la table, faisant rebondir son pot à crayons et le range-courrier métallique. Tu te connectais juste pour leur raconter des contes de fées, c'est ça ?

L'homme hausse les épaules avec dédain.

— C'est ça ! hurle Heurtel en venant se planter à quelques centimètres du prévenu.

Jeanne lui fait signe de baisser d'un ton. Julien se mord la lèvre pour réprimer une autre salve. L'individu tourne lentement la tête en direction de la silhouette qu'il sent dans son dos. Jeanne vient se mettre dans son champ de vision et attend qu'il s'exprime.

— Je voulais me rapprocher de ma fille.

Un étranglement de gorge, Heurtel manque imploser mais il laisse l'autre poursuivre. Sa collègue guide le prévenu de sa voix douce :

— Votre fille ?

— Charlène.

— Pardon ?

— Ma fille Charlène, c'est avec elle que je communiquais.

— Pas uniquement ! s'enflamme à nouveau Heurtel, tu oublies Samantha ! Et d'autres, sans doute !

— Je ne connais pas de Samantha…

— Tiens donc ! Pourtant tu lui envoyais des messages plutôt chauds !

Le suspect ouvre des yeux démesurés tandis que ses joues se mettent à pâlir. S'il n'avait la preuve qu'il est face à un pervers fini, le commandant lui remettrait le césar du meilleur acteur. Princecharmant a incliné la tête en avant et regarde ses mains en secouant la tête.

— C'est plus fort que toi, c'est ça ? insiste Heurtel en essayant de capter le regard du suspect.

Mais celui-ci conserve les yeux obstinément baissés vers ses jambes qui battent une cadence fiévreuse. Un regard sur le suspect toujours prostré. Les policiers décident de marquer une pause, histoire de mettre la pression sur l'homme aux abois. De longues minutes s'égrènent, qu'Heurtel occupe en vidant son gobelet de café à petites lampées bruyantes, avant de l'écraser lentement. Puis il se lève, fait bouger ses épaules pour les assouplir, va jusqu'à la fenêtre, revient se rasseoir, attrape un stylo et commence à pianoter sur le bureau sur un rythme ternaire. Pendant ce temps, Jeanne ronge son frein, impassible, silencieuse. L'autre n'a pas changé de position sur sa chaise trop raide, mais est sensible aux mouvements du policier, comme en témoignent les petits sursauts qui accompagnent les bruits que fait Heurtel. Soudain, l'homme se redresse et s'écrie :

— Je crois comprendre ce qui a pu se passer !

— Tiens donc ! Vas-y, on t'écoute.

— Mon coloc utilise mon ordinateur, c'est forcément lui qui contactait ces filles dont vous parlez.

— C'est pas un peu facile, non ? Tu accables ton « coloc », comme tu dis, en pensant qu'on va tomber dans le panneau !

— Je vous dis que je n'ai jamais parlé qu'avec Charlène. J'ai une photo d'elle que j'emporte partout avec moi…

— Tu parles d'une preuve ! On en a déjà vu, des pédophiles amoureux de leur fille !

Comme s'il avait reçu une gifle, le suspect se rejette brutalement au fond de son siège en hurlant :

— Z'avez pas le droit de dire des trucs pareils ! c'est dégueulasse ! Je suis pas un putain de pédophile ! J'ai juste la photo de ma fille sur moi parce qu'elle me manque !

— Et ton coloc, on peut le trouver où ?

Le suspect hésite une seconde, partagé entre la loyauté envers celui dont il continue à penser, malgré les apparences, qu'il est son ami et la nécessité de sauver sa peau.

D'une voix à peine audible, il donne l'adresse de leur logement.

— Appartement ? Maison ?

— Maison.

— Et le coloc, il a peut-être un téléphone aussi ?

Toujours à contrecœur, le témoin fournit le renseignement demandé et se met en position d'attente. Il devine que rien ne peut réellement être retenu contre lui, car il n'y a pas de loi qui interdise à un adulte de donner rendez-vous à une adolescente en plein jour dans un lieu aussi fréquenté qu'un centre-ville. Ou alors, réfléchit-il, nombreux seraient les professeurs et autres entraîneurs sportifs derrière les barreaux. Heurtel en est arrivé aux mêmes conclusions et décide de le laisser partir. Mais avant cela, il a une dernière question :

— Ton « coloc », il est chez vous en ce moment ?

— Normalement.

— Bien, tu ne bouges pas de là tant qu'on a pas ramené ce monsieur ici.

— Mais… frémit le témoin.

— Tu ne le croiseras pas.

Jeanne fait placer Princecharmant dans un bureau vide, sous la surveillance d'un gardien, puis gagne son bureau, suivie d'Heurtel.

— Julien, tu pourrais trouver quelqu'un pour aller récupérer le gus ? J'ai quelques vérifs à faire…

— Pas de souci, je vais voir si Katell est dispo.

À l'arrivée d'Heurtel, cette dernière lève le nez avec un sourire fatigué. Spontanément, il lui rend son sourire et se surprend à apprécier le tour qu'ont pris leurs relations. Plus besoin d'être dans la fanfaronnade et l'escalade verbale avec elle. Il n'a plus rien à lui prouver, ou peut-être, plutôt, plus rien à se prouver à lui-même, et cette réalité a quelque chose de diablement apaisant.

— Tu m'accompagnes à Plomelin ? Je vais chercher le coloc de Princecharmant.

— Pourquoi lui ?

— Princecharmant prétend que son compte a été utilisé par son colocataire.

— C'est lui qui communiquerait avec des gamines sur Internet ? demande Katell avec une moue dubitative. Et tu le crois ?

— Je me trompe peut-être… Mais j'ai eu l'impression qu'il ne mentait pas.

— Mouais, un bon acteur sans doute…

— Je n'en sais rien. Mais ça vaut le coup de vérifier. Tu m'accompagnes ou pas ?

Elle louche sur la paperasse qui forme une montagne branlante sur son bureau et repousse sa chaise pour se lever.

— Je ne suis plus à deux heures près…

23

Assise dans le véhicule qui les conduit vers le logement social occupé par les deux acolytes du Net, Katell se sent plus détendue qu'elle ne l'a été depuis longtemps. Est-ce à mettre sur le compte de la confiance en elle-même qu'elle gagne au fur et à mesure qu'elle prend de l'assurance au travail ? Ou bien l'explication est à chercher ailleurs, mais elle décide que le moment est mal choisi pour tenter de répondre à cette question. Lorsqu'ils se garent devant l'adresse indiquée, ils aperçoivent une lumière qui filtre à travers les volets d'une des deux fenêtres de l'étage. La petite maison est mitoyenne des deux côtés et possède un minuscule carré d'herbe clairsemée en façade. Le lotissement présente une symétrie déprimante avec ses enfilades de cubes sans fioriture plantés de part et d'autre d'une bande de bitume qui disparaît dans un coude pour aller se perdre dans quelque lotissement sans doute tout aussi démoralisant. Aucune clôture ne sépare le jardin du trottoir défoncé, aussi entrent-ils sans avoir besoin de se signaler. Sur la boîte aux lettres de guingois en métal vert foncé, un nom est écrit au marqueur mais les intempéries l'ont partiellement effacé. La mince porte ne présentant pas de sonnette, Heurtel frappe à l'aide de son poing refermé et s'écarte prudemment. Personne ne vient ouvrir. Princecharmant n'a pu prévenir son colocataire qu'il allait être entendu par la police. L'homme a peut-être pris l'habitude prudente de ne pas répondre lorsque quelqu'un se présente à l'improviste. Heurtel regarde sa collègue en écartant les deux mains. Katell tente d'actionner la poignée. Évidemment, le verrou est tiré.

— On y va ! souffle-t-elle en désignant la porte du menton.

D'une succession de bourrades appuyées au niveau du chambranle, Heurtel a raison de la porte en contreplaqué qui s'ouvre sur un couloir plongé dans le noir. Elle a cédé en faisant un bruit qui, bien que limité, a dû alerter l'occupant des lieux. Pourtant rien ne semble bouger à l'intérieur. L'entrée sépare les deux pièces du bas et se termine par un petit escalier raide qui dessert l'étage. Heurtel indique muettement qu'il va ouvrir la porte de gauche. Il actionne la poignée, pousse le battant, s'écarte, puis se rapproche et allume le plafonnier. Petite cuisine en désordre, odeur de poubelle mal fermée, pièce vide. Ils se dirigent vers la porte en vis-à-vis. Poignée qu'on tourne, lumière qu'on allume. Petit salon en désordre, odeur de tabac froid, pièce vide.

Reste l'étage. Dans les ténèbres qui mangent l'espace, l'individu doit guetter. Ils montent à pas de loup, les marches ne les trahissent pas. Ici aussi, deux portes de droite et de gauche. Même scénario, comme une mise en scène bien rodée. Pièce de gauche. Il actionne la poignée, pousse le battant, qui grince légèrement, allume la lumière. Petite salle de bains en désordre, odeur de moisissure, pièce vide. Il reste une dernière porte. La seule dont ils ont vu la lumière de l'extérieur. Celle où l'homme se terre, forcément. À moins qu'il se soit absenté et ait oublié d'éteindre en partant. Heurtel actionne la poignée, pousse la porte. Une chambre à deux lits, odeur de renfermé, mais pas une pièce vide cette fois. Assis sur un lit le dos tourné, un casque blanc sur les oreilles, un homme oscille au rythme d'une musique qu'il est seul à entendre. Mais il a senti le déplacement d'air derrière lui. Il fait volte-face, il est déjà debout face à eux, le poing en avant. Heurtel est plus rapide, il lui saisit le poignet, le tord violemment et le force à se rasseoir. Katell lui passe les bracelets. L'homme toujours casqué se met à beugler en essayant de se défaire de ses entraves.

— Police, indique Katell en lui ôtant son casque, qui répand tout à coup un bruit tonitruant de musique métal. On vous emmène au poste, on a quelques questions à vous poser.

— À propos d'quoi ? continue à vociférer le bonhomme aux joues mal rasées et aux yeux noirs marqués de cernes épais.

— Tu nous suis tranquillement et tout ira bien, affirme Heurtel en le prenant fermement par le coude.

Le sweat-shirt d'un blanc douteux dégage une odeur tenace de vieille sueur et les cheveux plaqués sur le crâne n'ont pas vu de shampooing depuis des lustres. L'ami de Princecharmant continue à se débattre mais on dirait qu'il le fait plus par automatisme que par conviction, comme s'il était inscrit dans ses gènes de résister aux forces de l'ordre. Ils finissent par le pousser dans la voiture de service et reprennent la route du commissariat. Comme promis à Princecharmant, il n'y aura pas de rencontre entre les deux hommes. On le fait asseoir sur une chaise dans une pièce minuscule dépourvue de fenêtre, sous la surveillance d'un gardien stagiaire. Il est prudemment menotté à sa chaise, le temps pour les deux officiers d'aller voir ce que Jeanne a appris en consultant son dossier. L'individu a écopé d'une peine de sept ans de prison pour exhibitionnisme devant une école primaire et tentatives de détournement de mineurs. Quelques années plus tard, il est tombé pour pédophilie et a de nouveau été incarcéré. Libéré il y a six mois, il est, depuis, soumis à une procédure de contrôle judiciaire assorti d'une injonction de soins psychologiques. Néanmoins, difficile à ce stade de savoir si l'homme a effectivement bénéficié du suivi prévu par la loi, au vu de l'indigence chronique des moyens de la justice. Ou comment un détraqué sexuel peut se retrouver à commettre les mêmes délits dès sa sortie de prison… Katell retourne à l'affaire Peters tandis que Jeanne et Heurtel gagnent le réduit aveugle où vocifère l'homme arrimé à sa chaise, sous le regard faussement indifférent du jeune gardien de la paix. Jeanne lui dit ses droits et lui fait décliner ses identité et date de naissance avant de commencer :

— Votre adresse IP a été retrouvée sur un site de discussions.

— J'suis au RSA, croyez p'têt que j'ai de quoi me payer un Mac!

— Un simple ordinateur peut faire l'affaire, riposte Heurtel en venant poser une fesse sur le coin du bureau derrière lequel Jeanne tape la déposition.

— P'têt bien, mais j'en ai pas! dit l'homme en reniflant.

— Votre colocataire en a un, lui…

Le prévenu se tend et serre les mâchoires, tandis que son regard se met à chercher quelqu'un ou quelque chose autour de lui. Il doit se demander si Princecharmant a mouchardé et s'il est en ce moment quelque part dans ces locaux.

— Et alors! lance-t-il sur un ton provocant. Quel rapport avec moi?

— Le rapport, explique Heurtel d'une voix dangereusement douce, c'est que si c'est pas ton pote qui fricote avec les gamines, ça doit être toi…

— J'vois pas d'quoi vous parlez. C'est Loïk qui vous a dit ça sur moi? se rebiffe-t-il en serrant les poings. Il a inventé ce truc, j'ai rien à me reprocher, moi!

Jeanne fait signe qu'elle prend le relais. Heurtel acquiesce d'un hochement de tête et vient croiser les avant-bras sur son buste.

— Quelles sont vos relations avec Loïk?

— Je l'héberge.

— Depuis quand?

— Depuis trois mois à peu près. Mais vous l'savez très bien, non? Loïk vous a déjà tout dit!

— Ici, c'est nous qui posons les questions, rappelle sèchement Heurtel.

L'autre le fusille du regard en marmonnant des paroles inintelligibles.

— Vous utilisez l'ordinateur de votre colocataire ?

— Non.

— Jamais ?

— Non.

L'homme se renfrogne un peu plus et arrondit le dos.

— Même pas pour vos démarches administratives ?

— Des fois, admet le prévenu du bout des lèvres.

— Qu'est-ce qui vous a conduit en prison ?

— Une erreur judiciaire, affirme l'homme sur le ton du défi.

— Vous n'avez pas d'antécédent de pédophilie ?

— Erreur judiciaire.

— Bien sûr, ironise Heurtel, et tes empreintes laissées partout ? Et les examens gynécologiques réalisés sur la victime ? Des erreurs, aussi ?

Le suspect hausse les épaules et détourne les yeux vers le mur derrière Jeanne, où s'affichent de nombreuses coupures de presse et appels à témoins. Il marque un temps d'arrêt, fronce ses sourcils charbonneux et pointe le doigt en direction d'un agrandissement de mauvaise qualité.

— Pourquoi vous avez une photo de Charlène sur le mur ?

Les deux officiers choisissent de ne pas répondre. Ils l'observent avec une attention croissante. L'autre s'agite de plus en plus sur sa chaise et exige des réponses :

— Elle a fait quelque chose de mal ? Elle est recherchée ? Ou bien c'est à elle qu'on a fait du mal ? Eh, répondez, quoi !

— Qu'est-ce que vous pouvez nous dire sur elle ? s'enquiert Jeanne avec un calme qu'elle est loin de ressentir.

— Comment ça, qu'est-ce que je sais sur elle ! s'énerve l'homme assis. Dites, j'sais pas ce que vous cherchez mais j'ai rien à voir avec elle, hein ! C'est la fille de Loïk ! Pas touche !

Il se mord la lèvre, brusquement conscient qu'en cherchant à se défendre, il vient de trahir son penchant pour les trop jeunes filles. Jeanne et Heurtel échangent alors un regard médusé, comprenant que leur enquête prend un tour nouveau. Le prévenu, se méprenant sur la réaction des deux officiers, n'imagine pas un seul instant qu'il vient de leur fournir une pièce clé du puzzle.

— Je reviens, souffle Jeanne en se précipitant dehors.

Elle se dirige vers l'accueil où les effets personnels de Princecharmant l'attendent dans une bannette de plastique placée sur une étagère.

Elle contourne le gardien occupé à remplir des formulaires et attrape le portefeuille en cuir défoncé du prévenu. Elle en sort un billet de dix euros froissé, deux tickets de bus usagés, des tickets de caisse et, bien serré dans une étroite fente latérale, un petit photomaton jauni. Elle se saisit de la photo, incapable d'en décoller les yeux et lentement, retourne dans la petite pièce.

Sans un mot, elle glisse la photo sous le nez de Heurtel qui écarquille les yeux comme des soucoupes en lâchant un « putain ! » de surprise. Ils ont désormais une autre priorité. Sans plus d'explication, Heurtel laisse tomber :

— À partir de cette heure, vous êtes placé en garde à vue pour détournement de mineur et présomption de pédophilie.

— Mais vous avez pas d'preuve ! se met à hurler le prévenu. J'ai pas touché à un ch'veu d'Charlène, j'vous jure !

— Et moi je suis le Père Noël ! riposte Heurtel en frappant du poing sur le bureau.

L'homme rentre les épaules comme pour échapper au coup puis lance dans un soupir :

— OK, OK, j'ai utilisé l'ordi de Loïk, j'avoue, c'est moi Casanova… Je discute avec des filles. Mais j'vous répète que j'ai pas fait d'mal à sa gamine ! Vous entendez ? J'lui ai rien fait ! C'est pas moi !

24

Dans les hurlements, le suspect est emmené en cellule, tandis que Heurtel et Jeanne s'engouffrent dans le bureau où s'affaire Katell.

— Eh Katell ! Viens voir ! C'est quelque chose de dingue !

Ne comprenant rien à ce qui se passe, cette dernière les escorte docilement jusqu'à la pièce aveugle où Princecharmant finit de se dessécher. En poussant sa chaise métallique sous le nez du suspect, Heurtel racle bruyamment le carrelage. Jeanne choisit de rester debout à sa gauche, autant par manque de chaise que parce qu'elle a envie de dominer l'homme aux yeux injectés de fatigue. Katell, ignorant quel rôle elle est censée jouer, décide de se tenir en retrait, le dos au mur et les bras croisés sur la poitrine. Heurtel entre directement dans le vif du sujet :

— Y a un truc qu'on ne comprend pas bien, mes collègues ici présentes et moi-même…

Il a réussi à accrocher l'attention de Princecharmant qui fronce le front en attendant la suite.

— … Ton coloc, indique-t-il en dessinant des guillemets ironiques, vient d'avoir une révélation.

À nouveau, il marque un temps, puis, théâtralement, tend le photomaton vieilli en direction du témoin. Katell, qui s'est approchée pour le regarder, a un hoquet de stupeur. Princecharmant frémit, esquisse un mouvement pour s'en saisir avant de ramener lentement son bras vers lui.

— Il s'agit bien de ta fille ?

— Oui, c'est Charlène.

— Tu étais où dans la nuit du 15 octobre ?

— Je ne sais plus, chez mon pote, sans doute.

— Seul ?

— Je ne m'en souviens plus.

— À part Charlène, tu as de la famille ?

— Non.

— Plus de parents ?

— N… non…

— T'as pas l'air bien sûr…

— Y a que Charlène.

— Qui vit avec sa mère, c'est bien ça ?

— Mmm.

— J'ai pas bien entendu !

— Oui.

— Pourquoi pas avec toi ?

— Mon ex-femme a eu la garde.

— Tu prétends que tu tchattais sur Internet pour te rapprocher de ta fille.

— Et c'est la vérité, se défend l'homme d'une voix étouffée, comme s'il était déjà fatigué de se battre.

— Ce qui nous surprend, c'est que la photo de ta môme, on l'avait déjà vue quelque part…

Heurtel se lève brusquement, se retourne vers Katell, et lui fait signe de s'asseoir à sa place. Elle en déduit que c'est à elle de monter au créneau. Visiblement déstabilisé par la mise en scène, le suspect attend, l'air inquiet. Katell rejette sa tresse derrière son dos et demande d'une voix unie :

— Ce qu'on arrive pas à saisir, c'est pourquoi cette photo se trouvait aussi dans un album quelque part à Gand…

L'individu blêmit brutalement tandis qu'à deux mains, il accroche l'assise de sa chaise. On dirait qu'il a envie de parler mais que quelque chose l'en empêche. Elle poursuit sur le même ton :

— Vous pouvez nous expliquer ?

L'homme se mord la lèvre inférieure en secouant la tête. Il est toujours aussi blanc mais ses joues sont maintenant marbrées de plaques rouge sombre.

— Faites un effort, monsieur Peters, lui enjoint calmement Katell.

L'homme déglutit avec peine, passe le dos de sa main sur son front qui vient de se couvrir de transpiration puis s'entremêle les doigts avec désespoir.

— Si vous ne parlez pas, intervient sèchement Heurtel, c'est vous qui tomberez pour pédophilie, puisque c'est votre ordinateur qui a été utilisé pour approcher ces gosses.

L'homme a un haut-le-cœur mais refrène le flot de bile qui lui monte dans la gorge. On sent qu'il est en proie à un dilemme qui le déchire. Il secoue la tête doucement de gauche à droite, comme en signe de dénégation.

— En gardant le silence, c'est votre fille que vous perdez définitivement, lui souffle Jeanne en approchant d'un pas.

La lumière blafarde du bandeau néon au plafond tressaute par instants, rendant l'atmosphère encore plus électrique. De la pièce d'à côté proviennent des bruits de voix étouffés et le son d'une machine à café fatiguée.

— Ne réfléchissez pas trop longtemps, conseille Jeanne en faisant un pas supplémentaire.

La crainte de devoir rester encore seul dans cette pièce lugubre a raison de sa réticence. D'une voix morne, à peine audible, il explique :

— Je n'avais plus de nouvelles de ma fille depuis des années… Depuis mon jugement, en fait…

L'air lui manque soudain. Il fait signe qu'il a la gorge desséchée. Heurtel sort de la pièce et revient aussitôt avec un verre d'eau qu'il lui tend un peu trop brusquement. Quelques gouttes se sont échappées pour venir s'écraser sur le pantalon du prévenu, qui semble ne pas s'en apercevoir. Il commence à boire à petites gorgées prudentes, comme si sa trachée s'était brutalement rétrécie. Katell le remet sur la voie :

— Vous disiez que vous n'aviez pas revu votre fille depuis votre jugement…

— Oui.

— Vous deviez pourtant avoir un droit de visite.

Il serre son verre avec force et tord sa bouche en un rictus amer.

— Sauf que si la mère refuse d'emmener l'enfant aux visites…

— La Justice, pourtant…

Il ne laisse pas le temps à Katell de finir sa phrase.

— La Justice, pfffuiiii ! Ils en ont rien à cirer des droits de visite d'un taulard !

— Passons, intervient Heurtel avec impatience, et ensuite ? Qu'est-ce qui fait qu'on te retrouve aujourd'hui à Quimper ?

Le suspect choisit de répondre en s'adressant à la jeune femme aux manières plus policées. Elle est peut-être pire que l'autre, mais dans le doute…

— J'habite à Gand… Ce que vous savez déjà… Je voulais voir ma fille mais je savais que Rosie, enfin Rose, sa mère, ne voudrait pas en entendre parler. Alors j'ai eu l'idée de rechercher Charlène sur les réseaux sociaux…

— Il n'aurait pas été plus simple de lui écrire directement, puisque vous aviez son adresse ?

— Croyez pas que je l'ai déjà fait ? Des dizaines j'en ai écrites… Mais j'ai jamais eu de réponse. Rosie devait les jeter dès qu'elles arrivaient.

— Et ensuite ?

— J'ai commencé à discuter avec elle sur le tchat, et au fur et à mesure que je gagnais sa confiance, je me suis dit que ce serait bien qu'on se voie en chair et en os.

— Et tu es venu à Quimper, poursuit Heurtel dont le pied qui bat la mesure sur le sol traduit l'agacement.

— Mais ce n'était pas si simple, continue le suspect en ignorant l'interruption. Je n'étais pas sûr qu'elle accepterait de me voir si facilement, mais j'étais décidé à aller jusqu'au bout.

Il arrête à nouveau de parler et cherche à poser son verre qui semble soudain lui brûler les doigts.

Katell l'en débarrasse puis lui fait signe de poursuivre. Cependant, l'homme qui s'est mis à se mordre la lèvre supérieure ne veut plus dire un mot. Katell suggère :

— Vous êtes venu à Quimper, mais là, les choses ne se sont pas passées comme prévu…

Il la regarde, surpris qu'elle connaisse la suite. Pourtant, la policière ne devine que des bribes de l'histoire. Encouragé par les hochements de tête de Katell, il reprend :

— Comme Charlène risquait de ne pas venir au premier rendez-vous, je m'étais dit qu'il fallait que je passe quelque temps à Quimper.

— Tu es donc allé squatter chez ton pote pédophile, conclut Heurtel, sans voir le regard de reproche que sa remarque déclenche aussitôt chez sa collègue.

Elle sait qu'un rien peut faire basculer le témoin dans le mutisme, alors une allusion aux mœurs dépravées de son ami n'est pas vraiment le meilleur moyen de l'encourager à parler. Comme elle s'y attendait, le suspect a tiqué, mais choisit de continuer :

— J'avais un… détail à régler… indique-t-il en se tordant les mains avec embarras.

— Votre père ? suggère doucement Katell.

Il la regarde avec étonnement puis acquiesce d'un lent hochement de tête.

— Mon père a la maladie d'Alzheimer, il a presque tout oublié… Même moi, il m'a oublié… Mais il n'a jamais oublié Charlène. C'est bizarre, étant donné qu'il ne l'a jamais revue non plus depuis mon jugement.

Avec surprise, Katell remarque que le témoin évoque invariablement le « jugement », comme si les mots « condamnation » ou « emprisonnement » étaient trop durs à prononcer, ou inadaptés à son cas.

— Je ne pouvais pas laisser mon père tout seul à Gand…

Il remue la tête avec désespoir.

— J'avais plus les moyens de payer. J'ai dû congédier l'infirmière qui venait à domicile, car elle coûtait encore trop cher. À ce moment-là, je suis venu vivre chez lui.

— Vous n'avez pas eu d'autre choix que de l'emmener avec vous à Quimper ?

Il opine en plissant le front.

— C'est ça… On s'est installés chez Sammy. On a discuté ensemble et j'ai fini par me dire que je perdais rien à essayer d'aller voir franchement Rosie pour lui demander de faire la paix et me laisser voir notre fille. Sammy ne pouvait pas garder mon père, alors je l'ai emmené en voiture avec moi et on s'est garés en bas de l'immeuble. Mais le temps que j'aille dire deux mots à Rosie, mon vieux s'est échappé de la caisse.

— Ah ouais, interrompt Heurtel avec un ricanement, tu veux nous faire croire qu'un papi sénile a pu se faire la malle ?

— C'est pourtant la vérité, riposte le suspect en plantant délibérément ses yeux rougis dans ceux de Katell. Je suis allé sonner chez Rosie, mais comme prévu, elle m'a foutu dehors. Elle était à moitié stone, je ne suis même pas sûr qu'elle a compris ce que je voulais… Bref, mon père a profité de mon absence pour sortir de la voiture et se casser. Le temps que je m'en aperçoive, il s'était éloigné et je ne savais pas du tout dans quelle direction le chercher.

— Tu t'es bien gardé de déclarer sa disparition ! insiste Heurtel d'une voix forte.

— Qu'est-ce que je pouvais faire ? demande l'homme en ouvrant ses mains impuissantes. Je savais que si je me retrouvais au poste, je pouvais dire adieu à Charlène pour de bon…

— Vous auriez pu dire la vérité aux policiers qui vous recevaient, conteste Katell en haussant les épaules. Après tout, vous n'auriez pas été le premier à rechercher un parent atteint d'Alzheimer.

— Sauf que moi, j'ai un casier, pas besoin de vous faire un dessin… Vous croyez vraiment qu'on m'aurait cru si j'étais allé au poste signaler que mon vieux s'était barré ? Non, je voulais pas me retrouver encore devant des condés. C'était le meilleur moyen pour ne plus jamais pouvoir contacter Charlène. D'autant que j'étais hébergé chez un ex-taulard… Ça aurait fait beaucoup…

— Alors tu t'es dit : « puisque le vieux il se rend compte de rien, je vais le laisser crever dans la nature et moi, je vais aller chercher fifille ! »

Le suspect manque s'étrangler de fureur mais parvient à se contenir en agrippant les bords de sa chaise. Katell a un geste pacificateur à l'adresse de son collègue trop sanguin et du menton, encourage le prévenu à poursuivre. Il obtempère d'une voix tellement sourde qu'il faut tendre l'oreille pour comprendre.

— J'avais pas fait tout ce chemin et toutes ces recherches pour reculer à la dernière minute.

Comprenez-moi, fait-il en s'agrippant à nouveau les mains, je n'avais plus aucune nouvelle de ma fille depuis des années. On m'a jamais accordé le droit de visite. Paraît que j'étais dangereux pour ma gosse, prononce-t-il avec une hargne mal contenue. Et Rosie a rien fait pour plaider ma cause auprès du juge. Trop contente que je ne voie pas la petite.

Il déglutit avec peine et ajoute, d'un ton las :

— À un moment, j'en ai eu marre. J'ai arrêté de harceler le juge avec tout ça, les droits de visite et le reste. Mais ça veut pas dire que j'avais fait un trait sur Charlène ! se défend-il en dressant ses poings fermés comme pour parer un adversaire imaginaire. Récemment, je me suis dit qu'elle avait l'âge de se connecter sur Internet et que j'avais peut-être une chance de pouvoir entrer en contact avec elle. J'ai tapé son nom sur Internet et je l'ai retrouvée, inscrite sur ce forum.

— Elle aurait pu user d'un pseudonyme, elle aussi, fait remarquer Katell.

— C'est pour ça que je l'ai recherchée sans trop y croire, sauf que ma fille n'a pas un prénom commun.

— Charlène, c'est pas si rare, laisse tomber Heurtel avec un reniflement de mépris.

— Sauf que ma fille, prononce-t-il comme s'il goûtait quelque friandise, s'appelle Charlaine avec un A et un I. Erreur au moment de l'inscription à l'état civil…

— Du coup, avec cette orthographe peu commune, vous aviez quelque chance de retrouver votre fille, conclut Katell.

— Exactement. J'ai entré Charlaine29 dans le moteur de recherche et je suis tombé sur quelqu'un qui pouvait être elle. Mais je ne voulais pas me présenter sous ma véritable identité, au risque qu'elle me rejette comme sa mère avant elle. J'imagine que Rosie a tout fait pour que la gosse ait une très mauvaise opinion de moi, gronde-t-il entre ses dents serrées.

— Votre fille savait-elle en se connectant que vous étiez bien plus âgé qu'elle ? demande Katell, sans pouvoir cacher un sentiment de répulsion.

— Je n'en sais rien, avoue l'homme du bout des lèvres, j'aimerais croire que non. En même temps…

Il n'achève pas sa phrase, incapable de formuler l'hypothèse que cette fille qu'il connaît à peine ait pu volontairement chercher à entrer en relation avec des hommes mûrs.

— Ce qui est sûr, reprend-il aussitôt sur le ton de la défensive, c'est qu'elle n'a jamais cherché à me provoquer dans ses messages. Je crois surtout qu'elle cherchait un adulte à qui se confier.

— Un substitut paternel, traduit Katell en venant s'asseoir au bord du bureau devant le prévenu.

— Un truc comme ça, oui, acquiesce le suspect.

Un raclement de chaise sur le carrelage le fait sursauter. C'est Heurtel qui s'impatiente. Il se lève pour aller se servir un café au distributeur. Katell et Jeanne restent devant le suspect qu'elles regardent sans le voir, perdues dans des pensées contradictoires. Soudain, le téléphone vibre dans la poche de pantalon de Jeanne. Elle décroche lentement, comme si la fatigue s'était concentrée tout entière dans son bras droit. Au bout du fil, le technicien informatique. Et ce qu'il lui apprend la saisit. Elle raccroche, toujours aussi lentement, les yeux à présent bien rivés sur le suspect occupé à se ronger l'ongle du pouce. Puis elle glisse à l'oreille d'une Katell estomaquée ce qu'elle vient d'apprendre. Jeanne hèle un collègue pour qu'il garde le prévenu un instant et les deux femmes partent à la recherche d'Heurtel. Elles le trouvent planté devant la machine à café, comme s'il espérait lire l'avenir dans le marc de sa tasse. Jeanne lui transmet l'information qui lui brûle la langue, provoquant la sidération de leur collègue. Celui-ci balance son gobelet plein dans la poubelle et le trio se rue chez Pruteau.

— On vient de faire une avancée décisive dans le dossier Perrot ! énonce Jeanne à toute allure.

Pruteau dévisage les arrivants d'un air irrité derrière ses petites lunettes rondes.

— Vous avez le droit de frapper à la porte.

— Désolée, c'était urgent ! Voilà, expose Jeanne en reprenant son souffle, l'ordi de Princecharmant a parlé !

— Je vous écoute, fait Pruteau, la curiosité soudain éveillée.

— Le réseau pédophile que j'ai infiltré… On a fait analyser le contenu de l'historique de Princecharmant et devinez quoi !

— Allez-y, lui enjoint Pruteau qui est loin de partager son excitation.

— Ce gars faisait des recherches sur Jean-Louis !

Enfin concerné, le commissaire central s'est redressé sur sa chaise.

— Vous voulez dire que ce pédophile s'intéressait de près à Perrot ? Ça alors ! Et ces recherches remontent à quand ?

Heurtel comprend la question implicite :

— Quelques semaines avant la prise d'otages…

— Et ce Princecharmant, il est où en ce moment ?

— On vient de l'entendre, indique Jeanne, mais c'était dans le cadre du racolage sur le Net.

— Et bien maintenant, s'exclame Pruteau, on va requalifier le délit en crime ! J'avise le proc' qu'on tient probablement celui qui a perpétré l'attentat contre le patron ! Et en attendant, vous nous le gardez au chaud en bas !

— Entendu.

25

Les trois collègues sont à nouveau face à Princecharmant, dont les traits semblent se creuser de minute en minute. Seule Jeanne s'assoit pour prendre sa déposition sur l'ordinateur.

— Rappelle-nous ce qui t'a amené en prison, commence Heurtel en plaçant ses poings sur ses hanches.

— J'avais un business dans le milieu, je louais des piaules aux filles… Attention, précise-t-il, des piaules correctes, hein ! Propres, avec des douches, et tout ce qu'il faut. Mais voilà, ce critère n'a pas dissuadé les condés et les juges de me faire tomber pour maquereautage…

— Alors que tu étais simplement dans l'immobilier, raille Heurtel en venant se poser sur le coin de table.

— Ben oui…

— Fous-toi de notre gueule ! s'impatiente le commandant en approchant dangereusement son visage de celui du prévenu.

— Tu te souviens qui dirigeait l'enquête à l'époque ?

— Il y a des noms qu'on n'oublie pas… murmure le prévenu.

— Et c'était ?

— Il s'appelait Perrot. Jean-quelque chose…

Le suspect arrondit brusquement le dos, comme pour parer à la volée de coups que ce policier brutal meurt d'envie de lui asséner. Néanmoins, ses poings serrés à s'en faire craquer les phalanges indiquent qu'il n'a pas totalement renoncé à se battre. D'une voix blanche, il explique :

— Le commissaire Perrot, il était inspecteur à l'époque, dirigeait une enquête sur un réseau de putes nigérianes dans le 95.

— Et tu es tombé.

— J'ai jamais pris un sou à ces filles, j'étais pas un julot !

— À d'autres ! ricane Heurtel en se tapant sur les cuisses comme si l'autre venait de faire la meilleure des blagues.

Le suspect soupire profondément en fermant les yeux et murmure :

— Pourquoi j'irais mentir treize ans après ?

Le silence se fait dans la pièce, on entend à travers les cloisons fines le rire fatigué de collègues en train de partager un café. Il répète :

— Mes locataires étaient peut-être pas des filles ordinaires, mais moi je considérais qu'elles faisaient leur métier et qu'elles avaient droit à un lieu de travail…

— Tu as pourtant pris cinq ans.

— Concours de circonstances : une tapin avait été tuée peu de temps avant par son mac, du coup, les juges, et l'opinion publique avec eux, ont fait l'amalgame. J'ai été incarcéré pour proxénétisme aggravé, comme les julots, termine-t-il en remuant la tête de droite à gauche en signe d'incompréhension. J'ai fait appel. J'ai été rejugé, ils ont réduit ma peine à quatre ans. N'empêche, ça a pas fait revenir ma nana. Dès ma première garde à vue, elle m'a quitté.

Un sanglot contenu l'empêche de poursuivre, mais il se ressaisit et ajoute :

— Je n'ai plus jamais revu Charlaine…

— Et tu t'es promis de faire payer Perrot un jour…

— Qui ? fait l'homme en ouvrant de grands yeux tandis que son cerveau se met à mouliner à toute vitesse.

Il se demande tout à coup ce qu'il fait là, devant ces deux policiers. Pour quoi au juste est-il poursuivi ? Pour avoir abandonné son père ? Pour avoir voulu connaître sa fille ?

— C'est ça, prends-nous pour des crétins ! On ne te dira rien ! s'échauffe Heurtel en regardant autour de lui, comme s'il cherchait une massue pour assommer le récalcitrant.

— Mais je ne vois pas de quoi vous parlez ! Je croyais que vous me poursuiviez pour détournement de mineurs ! Ou pour avoir perdu mon vieux !!

— On peut pas dire, t'es cumulard dans ton genre ! ironise Heurtel avec un rictus mauvais.

Le suspect laisse retomber ses épaules d'un air soudain terriblement las. Il se sent pris dans un engrenage semblable à celui dans lequel il a été entraîné il y a treize ans. Sauf qu'à l'époque, il y avait un espoir qui le faisait tenir, celui de revoir un jour sa fille. Mais aujourd'hui, à quoi bon ? Charlaine a eu seize ans, elle s'est sans doute déjà fait une idée définitive sur lui, alors à quoi sert de se battre encore ? Il est fatigué de tout ça. De ce père sénile qui ne le connaît plus, de cette fille qu'il ne connaîtra jamais.

— Revenons-en aux faits ! s'impatiente Heurtel. Tu décides de t'en prendre à Perrot. Pourquoi ? Comment ?

Le prévenu ne sait plus ce qu'on attend de lui, ses oreilles se sont mises à bourdonner, créant autour de lui une bulle qui l'isole des bruits ambiants.

— Eh oh ! On est là !

Princecharmant opine doucement.

— Tu reconnais donc que c'est toi ?

— Oui, souffle-t-il.

Heurtel lance un regard victorieux en direction de ses voisines. Jeanne, qui a interrompu sa frappe, ne parvient pas à détacher ses yeux de l'homme prostré devant elle. À l'adresse de ses collègues, elle pose la main gauche à plat sur le bout de ses doigts placés à la verticale.

Heurtel et Katell comprennent qu'elle demande une pause. Ils acquiescent, lui font signe de sortir prendre l'air, tandis qu'ils restent garder le suspect. Ils continueront à le cuisiner dès le retour de Jeanne. Cependant, un vague malaise s'est emparé de Julien lorsqu'il a vu sortir sa collègue. Il se doute qu'elle ne souffre pas d'hypoglycémie, alors quoi ? Pourquoi cette brusque fuite ?

— Je reviens ! lance-t-il à l'adresse de Katell, de plus en plus désemparée.

Elle n'est pas coutumière de ces interrogatoires menés à six mains, mais en même temps, elle se sent tout à fait légitime à assister ses collègues dans cette affaire aux imbrications inattendues. Heurtel se glisse dans le couloir et manque se cogner à Jeanne restée sur le seuil.

— Qu'est-ce qui ne va pas ? chuchote-t-il.

— C'est pas lui…

— Quoi ? Mais si, enfin, qui veux-tu que…

— Je ne sais pas qui c'est, mais je sais qui ce n'est pas…

— Tu m'expliques, à la fin ? murmure-t-il en surveillant le suspect à la dérobée.

— Je ne sais pas… Quelque chose me gêne dans cette histoire…

— Tu veux qu'on le descende en cellule, le temps qu'on réfléchisse ?

— Oui. Et je veux qu'on entende à nouveau Sammy.

— Pourquoi ?

— Il n'est pas clair…

*

— Allô, c'est moi, ça va ?

— Mmm…

— Tu m'en veux encore pour l'autre jour, c'est ça ?

— …

— Allez, quoi, j'te d'mande pardon, Sam, j'étais énervée parce que t'avais l'air tellement contente d'avoir réussi ton contrôle de maths, alors que moi je galère.

— C'est bon…

Soulagée que son amie passe l'éponge, Charlaine raconte :

— Tu sais pas ce qui m'est arrivé ?

— Ben non ! Vu que tu me parlais plus !

— J'ai été emmenée au poste !

— Hein, quoi ? Vas-y, raconte ! s'exclame Samantha, toute rancune oubliée.

— J'avais rendez-vous avec Princecharmant, esplanade Mitterrand, à quatorze heures et j'ai même pas eu le temps de lui dire deux mots que les keufs nous sont tombés dessus !

— Tu déconnes !

— Non, c'est la vérité, j't'assure ! On nous a emmenés dans deux voitures différentes, je l'ai plus revu depuis…

— Et qu'est-ce qu'ils t'ont dit au commissariat ?

— Ils m'ont dit que j'avais rien fait de mal et qu'ils étaient intervenus pour me protéger de ce type qui était sans doute un mec louche, vu qu'il avait donné rendez-vous à une mineure.

— N'importe quoi !

— C'est ce que je leur ai répondu, mais ils n'ont pas voulu me croire. Ils m'ont laissé repartir.

— Et Princecharmant ?

— Aucune idée… Je suppose qu'il est toujours au poste. En tout cas, je n'ai pas eu de nouvelles de lui depuis. Ah, autre chose, se rappelle soudain Charlaine, les flics m'ont parlé d'une histoire de modification de pseudo, un truc comme quoi Princecharmant aurait pris une nouvelle identité.

— Ah ? demande Samantha avec un intérêt au mieux poli.

— Ouais, la dernière fois qu'on a échangé, il se faisait appeler Casanova. Mais j'ai rien compris à ce qu'ils m'ont raconté...

— ...

— T'es toujours là ?

— Oui, excuse. Je dois y aller, Fabien m'appelle pour le soutien de maths !

— Eh, attends !

Mais Samantha a déjà raccroché. Perplexe, l'adolescente installée contre ses oreillers regarde son portable muet et le repose lentement sur ses cuisses. Elle était convaincue que Samantha serait friande de détails à propos de son expérience inattendue au commissariat mais au lieu de ça, celle-ci a écourté la conversation. Comme si elle était embarrassée par ce que Charlaine venait de dire. Mais non, quelle idée idiote ! La jeune fille a du mal à se défaire d'une impression étrange, celle que son amie n'a rien répondu lorsque Charlaine a mentionné Casanova...

Interloquée par les derniers mots de son amie, Samantha a coupé court à leur discussion en inventant un prétexte. En réalité, c'est un sentiment de panique qui l'a fait raccrocher si brusquement. Lorsque Charlaine a cité le nom de Casanova, Samantha a soudain eu la vue qui se brouillait et l'impression d'être embarquée dans une grande roue de fête foraine propulsée à vive allure. Elle ne comprend plus rien à ce qui se passe dans sa vie en ce moment. Sa meilleure amie lui tourne le dos, tout simplement parce qu'elle a eu le malheur d'exprimer sa joie d'avoir réussi son contrôle de maths. Ensuite, celle-ci revient vers elle pour lui annoncer qu'elle a été entendue en tant que témoin dans une affaire présumée de pédophilie. Enfin, Samantha découvre que l'interlocuteur de Charlaine sur le Net a abandonné son pseudo de Princecharmant pour celui de Casanova.

Casanova, comme celui avec lequel elle a entretenu une relation virtuelle, avant que, du jour au lendemain, il disparaisse des écrans. Que s'est-il passé entre-temps ? Est-ce un hasard si Princecharmant se fait désormais appeler Casanova ? Et si tel n'est pas le cas, quel lien établir entre ces deux individus qu'elle n'a jamais rencontrés en vrai ? Le plus simple serait de rappeler Charlaine afin qu'elle lui en dise un peu plus sur cet homme qu'elle n'a fait que croiser esplanade Mitterrand, avant que la police l'intercepte, mais elle ne sait même pas quelles questions lui poser sans éveiller des doutes sur sa propre personne…

26

Princecharmant a été descendu en geôle sans opposer la moindre résistance. Il est comme une grande enveloppe vide qui se déplace au gré des caprices des autres. Dans l'intervalle, Sammy a été remonté, en veillant à ce qu'il ne croise pas son ami dans le couloir. Contrairement à celui qui vient de quitter les lieux, il a le port de tête droit et l'œil sûr. Katell, qui est passée aux commandes, se demande ce qui le remplit ainsi d'assurance.

— Bien, commence-t-elle en se glissant derrière son clavier, on a trouvé dans le PC de Loïk Peters des recherches sur notre collègue gravement blessé dans l'attentat perpétré à Quimper. Or, vous avez reconnu utiliser parfois cet ordinateur. Donc… Ou c'est votre ami qui a fait ces recherches ou c'est vous-même, ou encore c'est vous deux ensemble.

Elle se cale au fond de sa chaise et croise les bras sur la poitrine :

— Alors ?

Une multitude d'émotions passe en un éclair sur le visage marqué par le vice et les excès. On sent que sa contenance du début est en train de se fissurer.

— J'attends votre réponse, articule Katell, attentive aux changements qui s'opèrent dans la physionomie de Sammy.

L'homme reste coi, seules ses mâchoires qui se contractent rythmiquement montrent sa nervosité.

— Vous cherchez à protéger Loïk, c'est ça ? C'est lui qui a fait ces recherches sur notre collègue et vous êtes en train de le couvrir…

Sammy remue la tête de gauche à droite, en se mordant la lèvre. Il ne comprend plus bien pour quoi il est là. Parce qu'il a tchatté avec des mineures sur Internet ? Parce que la gosse de Loïk a fait une connerie ou parce qu'on lui a fait du mal ? Il a l'impression de s'enfoncer un peu plus dans le brouillard. D'une voix presque suppliante, il demande :

— C'est par rapport à Charlaine que je suis là ?

Katell consulte Heurtel et Jeanne du regard. Doivent-ils le rassurer ou au contraire profiter de ce providentiel état de faiblesse ? C'est Julien qui choisit de prendre la parole :

— Non.

Le soulagement se lit dans les épaules du prévenu qui se relâchent d'un coup.

— Ce qui nous intéresse là, maintenant, c'est pourquoi t'as fait des recherches sur notre collègue gravement blessé dans l'explosion, continue Heurtel en passant au mode affirmatif.

Sammy comprend que pour l'officier, cela ne fait aucun doute que c'est lui qui a entré « Perrot » dans un moteur de recherche quelque temps avant l'attentat. Pourtant, il n'est tombé que pour pédophilie, jamais pour acte de violence. Même si, se dit-il avec un rictus rentré, la justice considère que l'acte pédophile est un acte violent… Lui ne comprend pas bien ces distinctions subtiles, mais bon… Il opine, sans que ses interlocuteurs comprennent s'il avoue avoir enquêté sur Perrot ou s'il accepte de coopérer. Dans le doute, Jeanne prend la main pour demander calmement :

— Comment avez-vous connu Loïk ?

La question semble lui convenir. Pour montrer sa bonne volonté, il colle le bout des doigts de ses deux mains face à face et répond tranquillement :

— J'ai été en taule à la maison d'arrêt d'Osny avec Loïk, on partageait la même cellule.

Bien que parti sur sa lancée, il s'interrompt déjà, comme s'il se demandait quels évènements de son passé révéler et lesquels tenir secrets. Il observe les trois policiers devant lui, les jeunes femmes calmes et leur volcanique collègue. Finalement, il reprend :

— En prison, tout se sait très vite : qui a fait quoi, combien il a pris, est-ce qu'il a des protections à l'intérieur ou à l'extérieur de la prison, ou pas… Bref, les mecs ils ont vite su que j'étais tombé pour avoir touché des gamines. Du coup, j'étais devenu la bête à abattre. À un moment, j'ai arrêté de compter les insultes, les croche-pieds dans le couloir, les crachats pendant la promenade, le savon qu'on me faisait bouffer sous la douche… Et le reste…

Il s'arrête avec un frémissement de peur rétrospectif.

— Mais ce qu'on fait de pire aux gars comme moi, c'est leur infliger ce qu'on a fait subir aux gamins ou gamines. Alors ils ont commencé à me violer, parfois ils s'y mettaient à plusieurs. Il y avait toujours des volontaires pour ça. Et ils s'arrangeaient pour que tout le monde profite du spectacle...

Il a un hoquet de dégoût et vient s'enlacer les bras. Cependant, il a décidé d'aller jusqu'au bout de l'abjection.

— La première fois, j'ai rien dit à personne. J'ai pensé que c'était comme « un baptême du feu », voyez, un truc dans ce genre-là. Je me disais qu'ils m'avaient fait payer ma faute et qu'ils allaient me foutre la paix. Mais il y a eu une deuxième fois. Plus violente, ajoute-t-il en frissonnant derrière ses bras toujours en croix sur son torse. Puis une autre et encore une autre. Je me suis plaint aux gardiens... Je saignais, alors les matons ont pas pu faire autrement que de m'emmener à l'infirmerie. J'ai parlé à l'infirmier, je lui ai demandé ce que je pouvais faire pour arrêter tout ça. Il m'a répondu que c'était pas ses oignons, que lui était là pour les premiers soins uniquement, pas le reste. Du coup, je me suis plaint au directeur et aux gardiens d'étage. Mais ça a été pire après ça... Non seulement les gardiens n'ont rien fait pour me protéger, mais je les soupçonne d'avoir dit aux gars que je les avais dénoncés. J'ai vécu l'enfer... Jusqu'au moment où Loïk a pris ma défense. Je ne sais pas comment il faisait pour se faire respecter, je suppose qu'il avait un bon réseau qui l'attendait dehors... Bref, grâce à lui, ils m'ont enfin lâché.

Jeanne, qui a l'impression qu'il s'égare, essaie de le remettre sur les rails.

— Je ne vois toujours pas le rapport avec l'attentat que vous avez commis à Quimper.

— J'y viens, j'y viens, fait l'homme en se plaçant au fond de sa chaise pour soulager ses lombaires. Loïk me parlait tout le temps de sa gamine dont il n'avait plus de nouvelles. Il lui écrivait des lettres mais il ne recevait jamais de réponses. Ça le dévastait. Surtout qu'il avait été condamné pour maquereautage alors qu'il louait juste des piaules à des putes nigérianes, sans se servir dans le pognon de leurs passes. Il me parlait tout le temps de ce Perrot, un inspecteur zélé qui l'avait fait condamner à tort. Il m'avait même raconté qu'au procès, il avait juré à Perrot qu'un jour il se vengerait. Mais c'était que des paroles, tout ça. C'est pas un violent, Loïk. Bref, quand j'ai appris que Perrot était nommé à Quimper, je me suis dit qu'il était temps de rembourser ma dette…

— En agressant Perrot au nom de ton pote, c'est bien ça ? interrompt Heurtel, les yeux noirs de colère contenue.

— Plus ou moins… En fait, Loïk était pas au courant de mon projet. Ce que je voulais, c'était approcher Perrot, mais impossible de lui donner un rancard, n'est-ce pas ! Alors j'ai fait croire à une prise d'otages. J'ai prétendu que je détenais une mère et ses deux gamins et que je les libérerais si, et seulement si, Loïk obtenait enfin le droit d'approcher sa fille.

— Que s'est-il passé exactement ? demande Katell en essayant de retracer les derniers instants avant l'explosion.

— Perrot est monté, du moins, c'est ce que j'ai compris en écoutant la radio plus tard. Je suppose que quand il est arrivé sur le palier, la bombe a explosé. C'était pas prévu… J'étais à l'intérieur, j'ai paniqué quand tout a volé en éclats. Alors j'ai vite cherché une issue pour m'enfuir.

— Sans venir en aide au blessé ?

Il fait non de la tête sans ciller et réplique :

— Je viens de vous dire que je ne savais même pas s'il était finalement monté ou pas…

Katell insiste :

— Je ne suis pas certaine de tout comprendre… Vous auriez pu faire les choses plus simplement, non ? En demandant un entretien avec ce policier, par exemple.

— Je venais de sortir de taule, répond le suspect sur le même mode résigné. Vous croyez vraiment que j'allais aller discuter tranquillement avec un condé ? Impossible, conclut-il en secouant la tête. Jamais je n'aurais pu lui parler en tête à tête dans son bureau ou ailleurs. Et même si j'avais réussi à entrer en contact avec lui, qu'est-ce qu'il m'aurait dit ? Il m'aurait répondu que la justice était passée, que Loïk avait purgé sa peine et qu'il n'avait qu'à se réinsérer. Voilà ce qu'il m'aurait dit… Alors tant qu'à tout perdre…

— Vous avez inventé cette histoire de kidnapping…

— Pour qu'il vienne jusqu'à moi et qu'on s'explique…

— « Qu'on s'explique » ? répète Katell en écho. Là, c'est nous qui avons besoin d'une explication, fait-elle en englobant ses collègues d'un geste de la main.

Sammy marque un silence, se gratte furieusement la joue, puis avance une tentative d'éclaircissement :

— Je voulais qu'il monte jusqu'à l'appartement. Là, j'aurais essayé de négocier avec lui : la libération des otages contre le droit pour Loïk de voir sa fille.

— Et pourquoi ne pas avoir organisé un vrai kidnapping avec à la clé la libération des otages contre le droit de visite pour Loïk ? Ça aurait eu plus d'impact dans l'opinion, avance Katell en fronçant les sourcils de perplexité.

— Croyez qu'j'y ai pas pensé tout seul ? Mais j'suis pas né d'la dernière pluie, j'savais que jamais on laisserait Loïk récupérer sa fille si je mettais vraiment en danger une mère et ses mômes. Non, il fallait juste faire croire à un enlèvement, pas le faire pour de vrai.

— Pour une mise en scène soi-disant bidon, tu étais pourtant drôlement équipé, susurre Heurtel en s'approchant lentement du prévenu. Tu savais très bien que la bombe était réelle, et qu'elle risquait de tuer le collègue !

Le rouge de la colère monte aux joues du prévenu qui rétorque :

— J'ai jamais voulu tuer Perrot ! La bombe ne devait pas exploser, je l'avais prise au cas où le flic aurait pas voulu négocier avec moi. Et elle devait juste faire un maximum de bruit, pour que les gens dehors ils sachent que les droits des mecs en taule sont pas respectés.

Il laisse retomber ses épaules et baisse la tête pour murmurer :

— Mais je vous ai déjà dit tout ça…

— Tu vas pas nous faire croire que ta bombe, c'était juste pour faire un feu d'artifice, si ! rugit Heurtel en se retenant de l'attraper par le collet.

Sammy soupire en agitant doucement la tête, comme s'il s'impatientait de la lenteur d'esprit de ce policier énervé.

— C'était une bombe artisanale, fabriquée par un « collègue » de la maison d'arrêt. Inoffensive, qu'il m'avait dit. Soi-disant qu'elle ferait juste « un gros boum et beaucoup de poussière ». Elle était pas censée faire autant de dégâts. J'vous l'répète, ce que je voulais, c'était qu'on parle du cas de Loïk, que les gens sachent comment la justice l'avait traité. La bombe aurait jamais dû exploser, je sais pas ce qui s'est passé. Quand elle a explosé, j'étais au fond de l'appartement. J'ai senti le souffle, j'ai vu le nuage de poussière et j'ai compris qu'elle était plus puissante que prévu. Je savais pas que Perrot était sur le palier. Alors je suis sorti de l'appartement comme j'ai pu, je suis descendu dans la cave de l'immeuble et je me suis planqué dans le local poubelles.

— Ça m'étonne, conteste Katell, toutes les issues étaient surveillées, y compris le sous-sol.

— Pas le local poubelles. J'ai plongé dans la benne à ordures, et je me suis caché sous les sacs-poubelles. Puis j'ai attendu jusqu'au milieu de la nuit que la voie soit libre pour m'échapper.

*

Elle a quitté le lycée rapidement, en évitant Charlaine avec qui elle rentre invariablement. Elle sait que celle-ci a plein de questions à lui poser mais Samantha ne se sent pas le courage d'y répondre pour le moment. Elle a autre chose en tête, plein d'interrogations qui la font tourner et se retourner dans son lit, à tel point que sa voisine de dortoir a protesté la nuit d'avant en disant qu'elle ne pouvait pas dormir à cause de son extrême agitation.

Ce que lui a rapporté Charlaine par téléphone de son passage éclair au commissariat l'a stupéfiée. A-t-elle bien entendu son amie lui dire que peu avant son rendez-vous avec Princecharmant, celui-ci s'était connecté sous le pseudo Casanova ? Son Casanova ? Celui qui ne lui donne plus de nouvelles ? Elle secoue la tête d'incompréhension. Se pourrait-il qu'il s'agisse du même type ? Ou s'agit-il d'une simple coïncidence ? Ce serait l'explication la plus logique. « À défaut d'être crédible », s'agace Samantha en poussant la porte à deux battants du foyer de l'aide sociale à l'enfance, appelé avec une ironie involontaire, « Foyer des enfants heureux ». Elle manque se heurter à Fabien, l'un des surveillants de l'établissement, un jeune homme qu'elle aime bien et qui a le mérite de pouvoir l'aider en maths.

— Oh, pardon, Fab !

— T'as l'air bien pressée, toi ! Ou en colère, plutôt ? la provoque gentiment le surveillant vêtu d'un survêtement bleu marine à trois bandes blanches.

— La deuxième option est la bonne ! rétorque Samantha en s'engageant dans l'escalier menant au dortoir des filles.

— OK, OK, lance-t-il dans son dos en élevant ses deux mains en bouclier. Je te laisse te calmer. Mais si tu as besoin de parler, je suis là !

Elle a à peine entendu ce qu'il disait, trop préoccupée par les hypothèses qui se bousculent dans sa tête. Elle a beau essayer de se convaincre, elle ne croit pas une seule seconde que le Princecharmant de Charlaine n'ait aucun rapport avec son Casanova. Et s'il y a une chose dont elle est sûre, c'est que, malgré son attachement à Charlaine, elle ne lui a jamais parlé de Casanova. Car elle sait que cette dernière aurait hurlé en lisant le genre de propos que tenait l'individu. Elle lui aurait dit qu'elle était complètement inconsciente de tchatter avec un mec aussi allumé et « porté sur la chose », comme disait Fab, le surveillant, en parlant du personnage d'un film qu'ils avaient regardé ensemble dans la salle commune. L'expression désuète avait fait hurler de rire Samantha, et Fab s'était laissé gagner par son hilarité. Soudain, elle se fige au-dessus du lavabo où elle était en train de boire au goulot, frappée par une idée totalement incongrue. Elle referme le robinet, s'essuie la bouche du revers de la manche de son sweat, et repart à toute vitesse en sens inverse. Elle enfile le couloir carrelé sans prendre le temps d'allumer, dévale l'escalier et débouche hors d'haleine dans le bureau des surveillants. Aïcha et Fabien sont occupés à consigner retards et absences des pensionnaires dans le registre. À son arrivée, ils lèvent une tête surprise.

— Tu en fais du bruit, Sam ! Tu pourrais toquer, au moins ! la gronde gentiment la jeune surveillante au pull-over à col roulé blanc qui fait ressortir sa peau mate.

— J'voulais parler à Fab, lâche Samantha en essayant de reprendre son souffle. Seule à seul, précise-t-elle avec une autorité nouvelle.

Aïcha consulte son voisin qui avance une moue d'incompréhension puis croise le regard suppliant de l'adolescente. Alors elle se lève et sort en disant :

— Bon, je vais aller me faire un thé.

Samantha s'écarte pour la laisser passer et avance d'un pas, les deux mains sur les hanches.

— Faut qu'tu m'expliques, Fab…

— Pardon ? fait le surveillant en écarquillant ses beaux yeux clairs.

— Casanova, ça te parle ?

— Pardon ?

— Fais pas semblant, Fab, tu sais très bien de quoi j'veux parler !

Il lève les bras en signe de capitulation et l'invite à s'asseoir en face de lui. Elle se laisse tomber lourdement sur la chaise, la mine fermée, les joues rouge vif.

— OK, t'as raison, je te dois des excuses. J'aurais dû t'en parler franchement.

— De quoi exactement ?

— Il y a deux mois environ, quand tu t'es déconnectée du tchat, ou plutôt quand tu as cru t'être déconnectée, ta messagerie est restée ouverte…

— Putain ! l'interrompt l'adolescente. Et tu as lu mes messages ! Mais t'as pas l'droit, c'est privé ! Personne fait ça !

— Je l'ai fait pour te protéger, Sam.

— Me protéger de quoi ? D'un mec qui tchatte sur un site de discussion ? Tu parles !

— Pas « un mec qui tchatte », Sam, une ordure de pédophile qui te faisait des propositions !

— Mais c'est des conneries, tout ça ! Je le prenais pas au sérieux, ce mec !

Fabien s'avance pour appuyer ses coudes sur le bureau et d'une voix grave, demande :

— Mais tu cherchais quoi, Sam, en échangeant avec ce type bizarre ?

Elle se rencogne sur sa chaise, lève le menton en signe de défi et aboie :

— Un grand frère, un père ?

— Ce n'était pas la bonne personne, Sam, crois-moi. Et puis tu n'es pas seule ici, si ? Tu n'as pas confiance en moi, en Aïcha, Cassandre ou madame Serget ?

Elle secoue la tête avec obstination :

— C'est pas pareil… Vous, je vous vois tous les jours… Ce mec, je l'aurais jamais rencontré en vrai…

— Tu es sûre de ça ?

Elle baisse la tête, mise face à ses contradictions. Sans doute qu'elle serait allée à un moment ou à un autre à la rencontre de Casanova. Avec cette curiosité, cette inconséquence et ce goût de la transgression propres à l'adolescence. D'une voix atone, elle demande ce qu'elle sait déjà :

— Tu l'as balancé aux flics ?

Il opine silencieusement. Elle se lève lentement, le dos voûté et les semelles de plomb.

Elle ne sait comment elle a pu être aussi négligente, à ne pas se déconnecter de l'ordinateur de la salle commune. Fabien a lu ses échanges et, effrayé de leur nature, est allé déposer plainte contre X au commissariat pour pédophilie. Soit. Mais ce qu'elle ne comprend toujours pas, c'est le lien entre Casanova et Princecharmant. Seraient-ils une seule et même personne ? Et que cherchait-il ? Saisie d'un étourdissement, elle s'accroche à la rampe d'escalier, tandis que la lumière se fait peu à peu jour dans son cerveau.

27

— Et ensuite, une fois sorti du local à poubelles, vous avez fait quoi ?

— Je suis rentré chez moi.

Heurtel le dévisage.

— Tout simplement ?

— Ben oui, où vouliez-vous que j'aille ?

— Arrivé chez toi, tu es accueilli par Loïk, puisqu'il vit chez toi en ce moment…

— Exact.

— Et tu lui racontes ce que tu as fait.

— Mais pas du tout ! J'vous ai déjà dit que Loïk y était pour rien !

— Tu devais être sale, voire blessé, il a dû s'étonner de te voir arriver dans cet état…

— Loïk est pas un mec qui pose des questions.

Jeanne choisit ce moment pour éclaircir un autre point.

— Revenons à vos échanges sur le Net.

Il tourne la tête dans la direction de la jolie blonde aux cheveux ondulés. Il se gratte le crâne, contrarié que la conversation prenne un autre tour. Il aime envisager son acte en faveur de son fidèle ami comme un geste chevaleresque, il aime moins l'idée qu'on étale sur la place publique ses penchants dévoyés. Il crispe la mâchoire et fronce les yeux.

— Sous le pseudonyme de Casanova, vous discutiez sur Internet avec des jeunes filles mineures. Exact ?

— Mmm.

— Exact?

— Oui, souffle-t-il.

— Rappelez-nous pourquoi vous avez fait de la prison ?

— Vous le savez très bien…

— Nous aimerions vous l'entendre dire.

— Pédophilie.

Ils ont lu sur ses lèvres plus qu'ils n'ont entendu.

— Plus fort !

— Pédophilie !

— Bien. Sur jeune fille mineure, c'est bien ça ?

— Mmm.

— On peut connaître l'identité de cette jeune fille ?

Il s'est raidi sur sa chaise, les maxillaires serrés à se rompre et les mains crispées.

— Je vais te rafraîchir la mémoire. Il s'agissait de la fille de ta compagne, alors âgée de treize ans. Et ta fille, Samantha, s'en est rendu compte et t'a dénoncé.

Heurtel choisit ce moment pour mettre de l'huile sur le feu :

— Et Samantha, elle était pas à ton goût ?

Sammy est saisi d'un hoquet de dégoût et tente de se défaire de ses liens pour clamer son innocence en hurlant :

— J'ai jamais touché à un cheveu de ma fille ! Jamais ! Vous entendez ? Jamais !

— Où se trouve-t-elle, aujourd'hui ?

— J'en sais rien, j'ai plus le droit d'avoir de contact avec elle. Même si je lui ferai jamais de mal…

— Tu lui en as suffisamment fait, prononce Jeanne avec dégoût.

Il la regarde avec les yeux vides. À quoi sert de remuer toute cette fange maintenant ? Il a perdu sa fille à cause de sa perversion, mais il ne lui en veut pas. Elle a fait ce qu'il fallait, c'est une fille bien, sa gamine, une fille bien, pas comme son taré de père, ce pauvre type qui s'en est pris à un flic pour jouer les justiciers. Mais qu'est-ce qu'il y a gagné finalement ? Rien. Loïk est maintenant dans la merde à cause de lui et lui-même va retourner croupir à Osny ou ailleurs. Mais sa gamine, se répète-t-il comme un mantra sucré, sa gamine, il est sûr que c'est une fille bien, il le sent au plus profond de son être. D'ailleurs, n'est-ce pas la preuve que c'est une sacrée gamine pour avoir dénoncé son propre père aux autorités ?

— Qu'est ce qui te fait sourire comme ça ? intervient Heurtel d'un ton rogue.

— Je pensais à ma fille.

— Et ?

— Je suis fier d'elle.

Les officiers le regardent avec surprise.

— Je suis sûre que Samantha s'en sort bien.

Puis un nuage vient obscurcir son visage et c'est d'une voix presque suppliante qu'il demande :

— Vous pensez que Charlaine pourra finalement voir son père ?

— Ce sera à elle d'en décider.

— Et Samantha, je pourrai au moins lui écrire ? Pour lui expliquer…

— Ce sera au juge d'en décider.

*

N'y tenant plus, elle a pris le chemin du centre-ville et marche à grandes enjambées jusqu'à l'arrêt de bus. Elle ne voit rien du paysage qui se déforme et dégouline derrière la vitre poisseuse. Elle est bien décidée à forcer la conversation, tant pis si pour cela, elle doit se fâcher avec sa meilleure amie. Elle arrive devant le foyer, hésite quelques instants face à la bâtisse crépie de blanc, au fronton annonçant « Foyer des enfants heureux ». Que de fois Samantha a pu se moquer de ce nom ridicule ! Elle répétait à l'envi : « Ils croient quoi, les gens d'la DDASS, qu'il suffit de coller un nom débile sur une maison pour que les gens à l'intérieur aient la pêche ? Quels cons, j'te jure ! J'voudrais bien les y voir, tous ces mecs avec leurs grandes idées qui servent à rien, si on les collait en foyer ! » Puis elle partait de son grand rire irrésistiblement communicatif.

Aujourd'hui, Charlaine devine qu'elle ne sera pas accueillie avec cet humour mordant qui caractérise Samantha. Elle avance d'un pas, hésite encore, s'arrête, puis repart de plus belle en direction de la porte d'entrée. Elle pousse les deux portes battantes qui restent ouvertes jusqu'à dix-neuf heures tous les soirs. Passée cette heure, les pensionnaires doivent sonner pour qu'on les laisse entrer. Le bureau des surveillants s'ouvre sur la gauche, visible à travers sa paroi vitrée. Deux personnes s'y activent en papotant apparemment dans la bonne humeur. Charlaine, qui s'apprêtait à s'annoncer, recule brusquement d'un pas pour se tapir dans un recoin du couloir. Puis elle se glisse furtivement dans l'escalier desservant l'étage des filles. Elle est déjà venue ici en compagnie de son amie et connaît parfaitement les lieux. Personne n'est autorisé à entrer au foyer sans y être autorisé par les surveillants au rez-de-chaussée. Elle croise trois adolescentes sur le palier de l'étage, mais ces dernières, penchées sur le portable que tient celle du milieu, ne lui prêtent aucune attention. Elle remonte le couloir aux murs tapissés de posters joyeusement colorés et frappe à la chambre à quatre lits de Samantha. Elle entre sans avoir entendu de réponse et se réjouit d'y trouver son amie, allongée sur son lit, un casque sur les oreilles. Samantha lève les yeux sur l'arrivante et a un mouvement de recul en constatant qu'il ne s'agit pas d'une de ses voisines de lit

— Qu'est-ce que tu fais là ? demande-t-elle en ôtant son casque et en se levant.

Charlaine s'approche et la force à se rasseoir sur le lit près d'elle.

— Tu m'as à moitié raccroché au nez tout à l'heure, non ? demande la visiteuse sur le ton du reproche.

— N'importe quoi, je…

— Arrête de mentir ! Maintenant tu me dis ce qui se passe !

L'adolescente, peu habituée à ployer l'échine, se trouve soudain pétrifiée face à l'autorité de son amie. Elle ouvre la bouche pour protester, mais la referme aussitôt, à présent matée.

— Qu'est-ce que tu veux savoir ? Et d'abord, comment t'as fait pour rentrer ?

— Par la porte, répond placidement Charlaine.

— Qu'est-ce que tu veux savoir ? répète la pensionnaire en fronçant un peu plus son front à moitié caché sous une mèche.

— Pourquoi tu as réagi comme ça quand j'ai prononcé le nom de Casanova ?

— Quel nom ?

— Te fous pas d'moi ! C'est qui, ce type ? Tu le connais ?

Samantha s'est levée pour aller jusqu'à la fenêtre et se plante, pieds largement ouverts, devant le paysage noyé de pluie et d'obscurité naissante. Comme toujours, le spectacle des ronds parfaits que dessinent les gouttes sur le carreau la fascine. D'une voix à peine audible, le dos toujours tourné, elle explique :

— C'est un type avec lequel je tchattais.

— Depuis quand ?

— Deux, trois mois.

— Tu ne m'en avais pas parlé, pourquoi ?

— T'aurais pas aimé…

— Quoi ?

— Ce type, ce qu'il me racontait…

— C'est-à-dire ? s'enquiert Charlaine avec un sentiment d'appréhension grandissant.

— Il était un peu chaud, tu vois l'genre…
— Chaud comment ?
— J'vais pas t'faire un dessin, en plus ! rétorque Samantha en se retournant et en plaçant les poings sur ses hanches.
— Je ne te comprends pas, réagit Charlaine sur un ton qu'elle veille à garder le plus neutre possible. Il te faisait des avances, c'est ça ?
— Non, pas vraiment, fait Samantha en venant se rasseoir sur le lit, les mains glissées sous ses fesses. Mais il me demandait à quoi je ressemblais, si j'avais déjà eu des petits copains, ce que je faisais avec eux.
Charlaine prend sur elle pour ne pas exprimer sa réprobation, mais ne peut s'empêcher de remarquer :
— C'est bizarre, ça t'avançait à quoi de parler avec ce tordu ?
D'une petite voix, son amie répond, en se mettant à se ronger les ongles :
— Je suppose que la psy dirait que j'essayais de retrouver mon pédophile de père !
Comprenant l'effort que lui a coûté cette révélation, Charlaine se rapproche de Samantha et l'enlace. Celle-ci pose la tête sur l'épaule de son amie et ferme les yeux. Charlaine lui caresse doucement les cheveux et demande :
— C'est quoi le rapport entre Princecharmant et Casanova ? Tu le sais, toi ?
La jeune pensionnaire relève la tête pour la secouer en signe de dénégation.
— La seule chose dont je sois sûre, c'est que c'est Fabien, après avoir fouillé l'ordi de la salle commune, qui a porté plainte contre Casanova.

— Sérieux ? réagit Charlaine en se redressant sous l'effet de la surprise.

— Il me l'a avoué tout à l'heure, ce salaud…

— Remarque, je suppose qu'il l'a fait pour te protéger.

— P'têt bien, mais ça l'autorisait pas à lire mes messages !

— Là-dessus, je suis d'accord avec toi !

Elles sont interrompues par un coup frappé à la porte. Samantha pousse vivement son amie sous le lit et offre l'image de l'innocence à celui qui entre.

— Ça va, Sam ? Toujours fâchée ? demande Fabien en refermant derrière lui, avant de s'appuyer à la porte.

Elle hausse les épaules en guise de réponse, les yeux fixés droit devant elle, sur le mur où sont fixés les trois lavabos blancs surmontés de miroirs. Ses camarades et elle n'ont jamais compris pourquoi une chambre avec quatre lits devait se contenter de trois lavabos. Mais bon, s'il fallait trouver une logique en toutes choses… Il vient vers le lit et prend place à côté d'elle. Transformée en statue de cire, elle garde les yeux braqués devant elle.

— Allez, Sam, essaie de me comprendre. Que voulais-tu que je fasse en lisant les messages de ce type ?

— T'étais juste pas censé les lire ! riposte Samantha sans bouger la tête, les mains serrées à s'en broyer les phalanges.

— C'est vrai, répond piteusement le surveillant en regardant sa voisine avec une intensité nouvelle. Mais c'est normal de vouloir protéger ceux qu'on aime…

L'adolescente en colère n'est pas sûre d'avoir bien saisi les derniers mots du jeune homme. Elle se demande si son amie, tapie sous le lit, a entendu la même chose qu'elle. Et surtout, si elle en fait la même interprétation. Soudain mal à l'aise, Samantha se gratte l'arrière de la nuque, priant intérieurement pour que cette entrevue embarrassante s'achève au plus vite. Mais Fabien, qui ne dit plus rien, a l'air d'attendre quelque chose. N'y tenant plus, la jeune fille se lève en déclarant :

— Faut que j'y aille, j'ai du boulot pour demain…

— Attends, fait Fabien en l'obligeant à se rasseoir près de lui. On peut discuter un peu tous les deux, non ?

— J'vois pas d'quoi, rétorque Samantha en retirant son bras.

Il lui saisit à nouveau le bras et l'attire lentement à lui.

— Tu sais, j'ai fait ça pour ton bien, Sam. Je sais ce que tu as déjà vécu, je ne voudrais pas que tu t'attires à nouveau des problèmes.

Il lui caresse la joue tendrement et finit par se lever. Avec soulagement, l'adolescente le regarde sortir, partagée entre des sentiments contradictoires. Une tête émerge de sous le sommier, un mouton de poussière accroché à ses cheveux. Charlaine sort de sa cachette en s'époussetant puis reprend sa place sur le lit. Elle est partagée entre l'envie de rire et celle de connaître le même émoi que celui que doit ressentir son amie.

— C'est moi ou Fabien te drague ?

— Pas du tout !

— Il est vachement « protecteur » alors ! s'amuse la clandestine en dessinant des guillemets dans les airs.

Samantha hausse les épaules et lui envoie une bourrade dans les côtes. Pourtant, elle n'est pas loin de penser la même chose. Fabien semble en effet prêt à tout pour la protéger…

Il a quitté le petit dortoir à quatre lits à regret, conscient que rien ne l'autorisait à entrer dans une chambre de filles. Le règlement n'est pas strict à ce point, il a le droit d'aller frapper chez les filles au besoin, mais il a bien senti qu'il aurait pu avoir un geste que réprouve la loi s'il était resté plus longtemps seul en compagnie de Samantha. Elle n'est pas à proprement parler une enfant, et lui-même n'a que vingt-deux ans, mais son statut de surveillant d'internat serait considéré comme un abus de pouvoir s'il osait s'approcher un peu trop près d'elle. La loi est parfois si dure…

28

Jeanne n'a qu'une hâte, prévenir Jean-Louis que tout est fini, que le cauchemar est derrière eux. L'auteur de l'attentat est sous les verrous, son compagnon peut enfin sortir de sa tanière. En dépit des sentiments contradictoires d'épuisement et d'euphorie qui se mêlent en elle, Jeanne a envie de se précipiter pour lui annoncer la nouvelle en personne. Fébrilement, elle attrape son portable et compose son numéro. À sa surprise, il décroche aussitôt. La voix brisée par l'émotion, elle lui dit que Sammy est passé aux aveux. Elle veut aller le chercher, là, sur-le-champ. Il doit lui dire où il se trouve, maintenant, tout de suite. Elle ne veut pas attendre une minute de plus, elle arrive, elle est déjà dans sa voiture. « Attends, je note l'adresse, ne bouge pas, je viens te chercher, j'arrive, j'ai un truc à te dire. » Il rit de son impatience et doit répéter l'adresse qu'elle est trop énervée pour noter correctement, d'autant qu'elle ne trouve pas de stylo qui fonctionne au fond de son sac. Enfin, elle réussit à entrer l'adresse dans le GPS de la voiture et démarre. Mais une ombre s'encadre dans la vitre et toque aux carreaux. Elle baisse la vitre avec agacement.

— Qu'est-ce que tu veux, Hubert ?

— Je t'accompagne.

— Il n'en est pas question !

Mais Lefèvre, inflexible, a ouvert la porte conducteur et force Jeanne à aller s'asseoir sur le siège passager.

— Tu es bien énervée pour prendre le volant, et on n'est jamais trop prudent, explique-t-il en attrapant les clés de ses mains fébriles.

Ils ont pris la direction de Penmarc'h et roulent dans le silence, leurs yeux scrutant les ténèbres où s'agitent les grands bras souples des arbres décharnés par l'hiver. Au fur et à mesure qu'ils approchent de leur destination, la végétation se fait plus rase, et l'habitat plus clairsemé. Mais alors que la rue de la Joie dénoue son galon d'asphalte désert, une silhouette apparaît dans la lumière des phares. Elle a surgi du talus et s'avance sur la chaussée en agitant des bras désespérés. Lefèvre pile pour l'éviter et se range au bord de la route. L'individu ouvre les mains en signe de paix et approche lentement, les épaules basses d'avoir attendu trop longtemps des secours.

Jeanne baisse sa vitre, maudissant ce coup du destin qui risque de les faire arriver en retard au rendez-vous avec Jean-Louis. Mais ils ne peuvent décemment laisser ce pauvre homme abandonné à son propre sort sur le bord du chemin. Il a dû tomber en panne un peu plus loin et, sans réseau téléphonique, n'a pu appeler un dépanneur. À moins qu'il n'y ait autre chose ?

Jeanne n'a pas le temps de réfléchir plus avant que l'homme a pointé une arme sur eux et leur enjoint de descendre du véhicule. Abasourdi, Lefèvre n'a pas le réflexe de riposter avec son arme de service et devine que Jeanne a laissé la sienne au coffre. Les policiers obtempèrent et sortent lentement du véhicule, les mains en l'air. Le visage de l'assaillant se fond dans l'obscurité, seul brille le métal de son arme. Jeanne essaie d'engager la discussion avec l'inconnu mais celui-ci refuse de répondre.

— Faites le tour ! ordonne-t-il en indiquant l'arrière de la voiture.

Les deux collègues s'exécutent en trébuchant dans le noir. L'homme ouvre le coffre, y porte quelque chose puis le referme. Ensuite, tout s'accélère. D'un bond, il s'est mis au volant et a démarré en trombe.

Perrot a entendu le moteur dans le lointain, mais cette fois, il n'a plus besoin de se cacher pour aller à la rencontre de celle qu'il aime. L'ennemi est derrière les barreaux, ils ne risquent plus rien. La voiture approche lentement, cahotant sur le chemin où les pluies récentes ont creusé des ornières. Les phares qui tressautent au gré des secousses semblent écrire un message en morse. Avançant toujours plus lentement, tous feux éteints, le véhicule n'est plus qu'à quelques mètres, Perrot constate dans la nuit qui tombe que Jeanne n'est pas venue dans sa propre voiture. Il se félicite de cet excès de prudence. Décidément, sourit-il avec impatience, sa compagne applique à la règle toutes les règles de sécurité qu'il lui a récemment rappelées. Le véhicule s'immobilise doucement sur le chemin un peu sableux et déjà, Perrot est là, fiévreux et excité à l'idée de la tenir enfin dans ses bras libres. Il ouvre la portière et s'apprête à embrasser la jeune femme quand il se sent violemment attiré à l'intérieur de l'habitacle. Il est projeté sur le siège passager par une poigne solide et le sommet de son crâne vient heurter la vitre glacée.

Un peu étourdi, sa première pensée est pour Jeanne, il crie :

— Où est-elle ? Qu'en avez-vous fait !

Il essaie de percer les ténèbres mais il n'entrevoit qu'une ombre qui le maintient plaqué sur son siège. Il tente de se débattre mais l'ennemi a pour lui l'effet de surprise et accentue sa pression sur le corps qui gigote sous son emprise. Tournant furieusement la tête d'un côté puis de l'autre pour se débarrasser de la main qui lui ferme la bouche, il donne en même temps de pitoyables ruades. Cependant, l'adversaire a un corps lourd et massif, et on sent chez lui une force qui ne cherche qu'à se décupler. Tandis qu'il appuie son genou sur la poitrine de Perrot, celui-ci sent déjà le souffle lui manquer et ses forces faiblir. Sa respiration bloquée commence à lui donner des étourdissements et un début de nausée. Dans sa confusion, il entend l'autre qui parle d'une manière hachée, la voix chargée de colère. Perrot saisit des mots qui s'entrechoquent sans cohérence, heurtés et toujours plus rapides. On dirait que l'homme parle d'une fille. Oui, il répète le mot. Encore et encore, tout en continuant à secouer Perrot qu'il tient au collet. Une fille. Sa fille ? Ou la fille de celui qui se débat sur la banquette ? C'est de Clara qu'il parle ? Perrot essaie de se redresser pour repousser l'enclume qui pèse sur sa poitrine mais il ne réussit qu'à s'asphyxier davantage. L'individu continue à dérouler sa litanie, plus lentement, permettant à Perrot de mieux distinguer ses paroles. Sa fille, répète-t-il en boucle, une certaine Charlaine qu'il ne connaît plus et que dorénavant il n'a plus l'espoir de rencontrer. Tout ça à cause de Perrot ? Est-ce bien ce que le commissaire saisit à travers le bouchon qui semble s'être introduit dans ses oreilles et lui donne l'impression qu'il est en train de partir pour un long voyage ?

Égaré, à bout de souffle, le commissaire comprend qu'il ne tiendra plus très longtemps. Mais étrangement, toutes ses pensées vont vers Jeanne qui aurait dû se trouver dans cette voiture avec lui, et dont il devine confusément que son calvaire a dû précéder le sien. Peut-être a-t-elle déjà succombé aux blessures infligées par cet inconnu, à quelques mètres seulement d'ici, au moment où elle se garait pour l'attendre ? A-t-elle pensé à lui en rendant son dernier souffle ? S'est-elle dit qu'elle avait pris un risque inconsidéré en venant ici sans escorte policière ? Hélas, il est trop tard pour refaire l'histoire, il n'est plus qu'un pantin désarticulé sur un siège de voiture et Jeanne n'est déjà plus de ce monde. Mais peut-être pas. Soudain galvanisé par l'idée insensée que Jeanne a survécu et attend son aide quelque part, il fait appel à toute sa volonté pour résister et ne pas céder à la tentation séduisante de la perte de connaissance. Mais l'oxygène se raréfie dans ses poumons, pauvre filet d'air d'une vie qui s'en va. Il sombre.

Puis tout s'accélère, la portière s'ouvre brutalement sur une silhouette qui se dessine dans la nuée. Elle se jette à l'intérieur, saisit l'homme par le dos de sa veste. Ce dernier bascule légèrement vers l'arrière mais maintient la pression sur Perrot qui ne distingue que des ombres s'agitant au-dessus de lui. Le forcené se rebiffe en hurlant, abandonnant sa proie pour jouer des pieds et des poings. Les corps indistincts se mêlent en une lutte sans merci, à laquelle tente maintenant de se joindre le policier. Mais ses dernières forces l'ont quitté ; à moitié inconscient, il est tout juste bon à esquiver mollement les coups perdus, en se collant à la portière. Quand, de manière inespérée, porté par la voix familière de l'arrivant, il sent venir du fin fond de son être un infime regain d'énergie. D'une main tâtonnante, il parvient à agripper la poignée, appuie de tout son poids exténué, et atterrit lourdement dans la boue du chemin. Sentant le souffle d'air glacé sur son visage, le forcené essaie à son tour de plonger dans la brèche, mais il est fermement retenu aux jambes par Lefèvre. Avant qu'un coup porté sur son crâne ne vienne éteindre toute tentative d'évasion. Perrot ne sait comment il a trouvé la force ultime de soulever ce galet pour l'assener sur la tête de l'inconnu, alors que lui-même tient à peine sur ses jambes flageolantes, mais il n'a pas le temps d'y penser, déjà il défaille et se laisse glisser le long de la carrosserie. Lefèvre s'est empressé de passer les bracelets à l'assaillant et de les fixer à l'appuie-tête, puis il s'est précipité vers l'arrière de la voiture. Il entend des cris venir du coffre. Avec soulagement, il comprend que Jeanne n'a pas été abattue. Il l'ouvre, elle en jaillit comme un diable de sa boîte, son corps n'ayant pas eu à souffrir de ce court confinement. Le visage blême, le souffle court, la jeune femme est déjà agenouillée près de Perrot et saisit sa tête entre ses mains.

— Jean-Louis, Jean-Louis, eh! Reste avec nous! Reste avec nous! C'est Jeanne! Et Hubert! On est là! Tout va bien, reste avec nous, allez s'il te plaît, fais un effort, ouvre les yeux!

Son corps menu agité de sanglots, elle tapote les joues de Perrot et le secoue doucement.

— Hubert, à l'aide! Viens! Jean-Louis a perdu connaissance!

D'un bond, Lefèvre est là, les traits tirés par l'angoisse. D'un index expert, il sonde l'artère au niveau du cou, puis rassuré par ce qu'il a senti sous son doigt, ordonne:

— Aide-moi, on va l'allonger sur la banquette arrière. Prends-le sous les pieds, je le prends sous les épaules. À la une, à la deux, à la trois!

Jeanne ahane sous le fardeau mais la peur de perdre l'être aimé décuple ses forces. Délicatement, ils allongent Perrot sur le siège arrière, et roulent sous sa tête une couverture polaire qui traînait là. À nouveau, Jeanne tapote les joues froides et rêches tandis qu'elle le presse de répondre à leurs suppliques. Sur le siège passager, le prisonnier qui émerge de son étourdissement fait entendre un grognement et se met à s'agiter. Comme s'il était sensible aux ondes négatives envoyées par l'ennemi, Perrot parvient enfin à soulever une demi-paupière. Mais la douleur qui irradie de sa tempe le force à refermer les yeux.

— Non, Jean-Louis, reste avec nous ! Ouvre les yeux ! On est là ! Tu n'as plus rien à craindre ! Je t'en prie… termine Jeanne dans un hoquet tandis que ses larmes de désespoir se mêlent à la pluie.

29

Allongé dans sa chambre d'hôpital, il regarde sans le voir le rideau qui s'échappe en tourbillon par la fenêtre que l'infirmière a accepté d'entrouvrir. Il oscille entre rêve et réalité, au fil des sommes artificiels que la perfusion d'antalgiques provoque. Par instants, il se demande ce qu'il fait là, puis des éclairs de lucidité viennent percer les limbes morphiniques. Il se souvient qu'il a été blessé. Deux fois. Par le même individu, ce type qui l'a désigné comme la cause de tous ses maux. De cette affaire de proxénétisme que son équipe et lui ont menée il y a de cela fort longtemps, il ne se rappelle aucune personne en particulier, ni les proxénètes, ni les prostituées, ni leurs clients. Il en a vu tellement d'autres, avant et surtout après, alors qu'il était inspecteur de police dans le 95. Une brûlure dans les côtes, tel un couteau qui viendrait fouiller ses entrailles, lui arrache un gémissement et lui fait reposer la tête sur l'oreiller.

Et au plus fort de la douleur, comme si son esprit se détachait de son corps pour se protéger, un flash lui traverse le cerveau. Une image tellement réelle qu'il a l'impression qu'on vient de le télé-transporter treize ans en arrière, dans un tribunal bondé où les journalistes jouent des coudes pour s'approcher au plus près des prévenus afin de prendre le cliché qui fera pleurer dans les chaumières. Ils se repaissent du spectacle de ces types à la mine patibulaire, ces souteneurs sans vergogne, ces maquereaux pourris. Perrot se voit, trente ans à peine, debout à la barre, le visage tendu, les yeux plissés. Il vient de témoigner, au son des huées des prostituées nigérianes venues en nombre dans le prétoire hurler leur colère et leur empathie pour leur sœur de douleur morte sous les coups de son proxénète. Un cri vient couvrir ceux des femmes de l'assistance. Un cri accompagné d'un index vengeur pointé dans sa direction et ces mots, crachés par cet homme qu'on avait à peine remarqué tout au long du procès : « Tu le paieras, Perrot ! Je te le promets, tu le paieras ! » Le souvenir est si précis qu'il en a le souffle coupé. Mais comment a-t-il pu oublier cet épisode traumatique ? Comment son cerveau s'est-il arrangé pour évacuer cette menace explicite ? Il connaît la réponse, il sait que policiers et hommes de loi ne peuvent encombrer leur mémoire des menaces plus ou moins voilées d'inculpés revanchards. Alors il a oublié ce type tombé pour proxénétisme, ce loueur de chambre pour des prostituées du Val d'Oise. Comme s'il y était encore, Perrot entend le mis en cause clamer dans le prétoire qu'il ne s'est jamais servi dans l'argent des passes, et que ce sont les marchands de sommeil qu'il faut poursuivre, pas des gars comme lui qui louent des logements salubres à des tarifs raisonnables. Perrot se rappelle soudain que, contre toute attente, les prostituées avaient pris la défense du prévenu en confirmant qu'il n'avait jamais prélevé sa dîme sur l'argent des passes. Pourtant, cela n'avait pas empêché ce dernier d'écoper d'une peine de prison. Car, se souvient à présent le blessé, le procès intervenait dans un contexte explosif, celui du décès d'une prostituée frappée à mort par son souteneur. Les jurés n'avaient retenu que le sort tragique de cette fille assassinée, et avaient décidé que toute personne favorisant la prostitution devait être sévèrement punie. Une salve de douleur lui vrille le côté, lui arrachant une plainte. D'une main maladroite, il appuie sur la poire de sa perfusion. Quand la pompe libère une nouvelle dose de morphine, il se laisse glisser dans la torpeur ouatée avec soulagement.

Il dort peut-être une heure, d'un sommeil agité et peuplé de fantômes, avant de reprendre pied dans le monde réel. Malgré la pénombre qui commence à gagner, il sent qu'il n'est plus seul dans la chambre. Il reconnaît la voix du procureur, grave et profonde. Celui-ci ne s'encombre pas de formules de politesse. Perrot n'a pas l'air en grande forme, inutile de lui demander comment il va.

— Vous aviez vu juste, Perrot, fait le procureur en posant une fesse au bord du fauteuil d'hôpital qu'il a tiré près du lit. Enfin, en partie seulement. Ce type qui vous a fait monter jusqu'à l'appartement piégé n'était pas Loïk, le proxénète que vous avez fait mettre derrière les barreaux à l'époque où vous étiez inspecteur dans le 95.

— Pardon ?

— Non, il s'agissait de son codétenu.

De curiosité, le commissaire a réussi à décoller de l'oreiller sa tête ceinte d'un large pansement où affleure une tache brune.

— Restez couché ! lui enjoint le procureur d'une voix ferme, à laquelle le blessé obéit comme par magie. C'est mieux, approuve le visiteur en gardant sa posture rigide. Le codétenu en question, Sammy, était incarcéré pour pédophilie et a récemment bénéficié d'une remise de peine. Pour bonne conduite… précise-t-il avec ironie. Il est sorti de prison il y a à peine six mois. Mais il a confessé avoir eu tout le temps de planifier sa stratégie de règlement de compte derrière les barreaux.

— Règlement de compte ? demande Perrot en détachant avec peine sa langue collée à son palais.

— Vous avez bien entendu. Règlement de compte, mais pas en son nom.

— Quoi ?

Perrot se demande si la morphine n'a pas amoindri ses facultés de raisonnement. Le procureur n'a pas l'air de voir son désarroi.

— Il a agi au nom de son ami fidèle, Loïk, qui l'a protégé des autres détenus pendant leur réclusion commune.

— Au nom de son ami ? répète Perrot sans saisir.

— Loïk, tombé pour proxénétisme, n'a jamais revu sa fille…

Brusquement, Perrot comprend. Comme un boomerang, le rêve qu'il vient de faire lui revient en mémoire. Des éclairs dans sa tête, les pièces du puzzle se mettent peu à peu en place.

Dans un souffle, il termine la phrase inachevée du procureur :

— Charlaine... C'est le nom qu'il a prononcé quand il m'a attaqué dans la voiture.

Le procureur confirme d'un hochement de tête.

— Sammy a toujours entendu Loïk parler de cet inspecteur – vous, Jean-Louis – qui l'avait fait mettre en prison, et à cause duquel il n'a jamais pu avoir de relations avec sa fille. Alors, à l'insu de Loïk, il s'est juré de le venger en sortant de geôle. Il n'a encore rien balancé sur une aide extérieure, mais il y a fort à parier qu'il n'a pas agi seul. Ne serait-ce que pour convaincre la dénommée Khedidja de se prêter au jeu du faux enlèvement.

Perrot approuve d'un battement de cils.

— Et elle, vous l'avez entendue ? demande-t-il.

— Toujours pas, elle est toujours au bled, à l'heure qu'il est, mais l'enquête a montré qu'elle n'était pas blanche comme neige. Elle a été entendue comme témoin à l'époque de l'attaque terroriste contre le professeur d'histoire décapité à Conflans. Son nom figurait dans le répertoire du portable d'un des terroristes. Mais elle a été relâchée faute de preuves...

— Cette fois, j'espère qu'elle passera par la case prison, murmure Perrot sourdement.

— C'est plus que probable.

— Et Loïk, poursuit Perrot en fronçant les sourcils dans un effort de réflexion épuisant, comment s'est-il débrouillé pour venir au rendez-vous que j'avais avec Jeanne ?

— Quand sa garde à vue s'est achevée, il a commencé à filer Jeanne discrètement.

Perrot ne semble pas comprendre. Le procureur précise :

— Il avait compris, au cours de son audition, le lien particulier qui vous unissait à Jeanne. Il s'est donc dit qu'en pistant Jeanne, il remonterait jusqu'à vous. Jusqu'à hier après-midi, où il l'a vue partir avec Lefèvre, visiblement très excitée. Il les a suivis en voiture. À un moment, il les a dépassés et a garé sa voiture sur une route secondaire, avant de revenir se planter au bord de la route pour faire croire à un accident.

— Il les a menacés et a forcé Jeanne à monter dans le coffre, déduit logiquement Perrot.

— En omettant de confisquer les clés de sa propre voiture garée à cent mètres, précise le procureur de sa voix profonde en lissant un pli invisible sur son pantalon. Ah ! Et j'oubliais un détail qui a son importance : Peters avait en fait une arme factice.

Perrot n'a plus la force d'exprimer sa surprise. Épuisé par cette entrevue, il a refermé les yeux.

— Bien, Perrot, je vais vous laisser vous reposer. Ce n'est pas le tout mais mourir et ressusciter deux fois en si peu de temps, ça doit fatiguer son homme… C'est votre côté Sphinx sans doute…

Les yeux toujours clos, Perrot sourit au message d'affection qui affleure sous le sarcasme. Son esprit se reconnecte, essaie d'analyser, de comprendre. Ses pensées le ramènent à Loïk, ce père fou de douleur de ne pas avoir réussi à entrer en contact avec la fille qu'on lui avait enlevée treize ans plus tôt. Et malgré ce que ce dernier lui a fait subir, le blessé ne peut empêcher une part de lui-même de le plaindre.

Surpris par ce sentiment inattendu qui ressemble à de l'empathie, il tente de se raisonner ; un policier devrait toujours garder une distance prudente, au propre comme au figuré, surtout lorsqu'il est personnellement visé par un criminel. Pourtant, bien que lui-même mène une existence aux antipodes de celle de son assaillant, Perrot ne peut s'empêcher de faire le parallèle avec sa propre situation de père. Un père divorcé qui ne voit pas ses enfants autant qu'il le souhaiterait, un père autorisé par jugement à voir ses petits un week-end sur deux. Bien sûr, Sofia fait tout pour que Jean-Louis et leurs enfants entretiennent un lien très serré. Il n'empêche, il comprend les motivations de Loïk et l'injustice dont il se sent victime depuis le jour où, placé en garde à vue, sa compagne a décidé que leur fille ne fréquenterait jamais son délinquant de père. Perrot regarde le plafond et son réseau de fines lézardes qui dessinent un alphabet énigmatique. Il soupire doucement, en veillant à ne pas brusquer ses côtes fêlées. Qui peut décréter qu'un parent fera plus de mal à son enfant en le voyant qu'en ne le voyant pas ? Loïk constitue-t-il un danger pour Charlaine ? Perrot imagine l'homme, tête baissée, poussé dans ses retranchements par les questions en rafale de Heurtel, Jeanne et Katell. Cet être brisé qui vient de comprendre qu'il a peut-être définitivement perdu l'espoir de revoir un jour la fille pour laquelle il a tout risqué. Ne pouvant refréner un élan de compassion pour cet homme persuadé qu'il avait perdu le dernier espoir de connaître sa fille, Perrot se dit qu'il demandera peut-être au procureur une mesure de clémence afin qu'un droit de visite en prison soit accordé à Charlaine. Si cette dernière le souhaite, évidemment…

*

Prétextant un rendez-vous en ville, Fabien l'a déposée en voiture devant le lycée. Mais Samantha est certaine qu'il l'a emmenée pour le plaisir de faire le trajet ensemble. Il est charmant avec elle mais il n'a même pas encore essayé de l'embrasser. Et bizarrement, cette retenue ne déplaît pas à Samantha. Elle a rejoint Charlaine qui l'attendait à la grille, emmitouflée dans sa doudoune, et lui a résumé la situation.

— Ça veut peut-être dire que tous les mecs sont pas pourris ! commente Charlaine en arrivant dans la cour.

— Peut-être pas tous, concède sa camarade, encore chamboulée par les derniers évènements.

Elles pénètrent dans l'enceinte du lycée à pas lents, histoire de grappiller quelques précieuses secondes avant la cloche.

— Au fait, reprend Charlaine en regardant droit devant elle, il paraît qu'il a demandé à me rencontrer. Il se croit sur la lune, ou quoi ?

— C'est quand même ton père, j'te rappelle.

— Askip, ouais, et alors ? J'ai fait sans lui jusqu'ici, j'vois pas pourquoi ça devrait changer !

— Parce qu'avant, tu savais à peine que t'en avais un, de père.

— Et alors ! se bute un peu plus la jeune fille en donnant un coup de pied rageur dans une canette de coca écrasée.

— Il a fait tout ça pour te retrouver…

— Il avait qu'à pas faire de conneries pour commencer !

— P'têt' bien, mais ça, c'était avant, quand tu étais toute petite. Il a jamais pu te revoir après son procès, c'est pas juste. Bon, tu fais ce que tu veux, c'est pas mon problème.

— Exactement, c'est pas ton problème… Et suis pas sûre qu'un mec qui abandonne son père dans la rue c'est vraiment le type de gars que j'ai envie d'avoir comme père…

— C'était un accident, le vieux il a Alzheimer !

— C'est de mon grand-père que tu parles !

— Ouais, pardon…

— Par contre, j'ai appris un truc…

— Quoi ? Vas-y, parle !

— Mon père, pendant toutes ces années, il m'a écrit des lettres.

— Tu déconnes ?

— Non, je l'ai su par les policiers qui l'ont entendu. Du coup, j'ai fouillé dans les affaires de Rosie.

— Ça s'fait pas !

— J'allais me gêner !

— Et alors ?

— J'ai retrouvé des paquets de lettres ! Rosie les avait pas balancées !

— Ouah ! Et alors, elles disaient quoi, ces lettres ?

— Bof, c'est pas Victor Hugo, non plus ! Mais bon, c'était plutôt mignon…

— Tu as de la chance.

— On peut dire ça comme ça, je suppose… De toute manière, je suis pas près de le rencontrer…

Entre la non-déclaration de la disparition de mon grand-père et l'agression du commissaire dans sa voiture…

— Et le vieux, euh… Ton grand-père, qu'est-ce qu'il devient ?

— Il est toujours à la maison de repos. Mais j'ai réussi à l'appeler !

— Et ?

— Je sais pas s'il a compris qui j'étais. Mais si je te dis que Rosie m'a proposé d'aller lui rendre visite…

— Tu déconnes !

— Même pas ! L'assistante sociale lui a parlé et a apparemment réussi à la convaincre de m'y emmener.

Samantha enfouit le nez dans son écharpe en frissonnant et s'enquiert :

— Et donc ton daron, il a demandé à te voir ?

— Ouais, il parait.

— Et alors ? demande Samantha avec impatience.

— Alors quoi ?

— Tu vas y aller ?

Charlaine la regarde à la dérobée, essuie une larme qu'elle n'a pas su retenir, attrape son amie par le coude et demande d'une toute petite voix :

— La première fois, tu m'accompagneras là-bas ?

Comme toujours lorsqu'elle est émue, Samantha répond par une pirouette :

— À condition que mon nouveau chevalier servant me lâche un peu les basques !

ÉPILOGUE

Le procureur est sur le seuil de la chambre d'hôpital quand il se retourne lentement pour annoncer de sa voix aux accents impénétrables :

— Pour le repos, il va falloir attendre, Perrot, vous avez de la visite…

Et aussitôt de s'écarter pour laisser une bombe humaine se ruer à l'intérieur. D'un bond, Clara s'est approchée du lit et s'est perchée près de son père, posant délicatement la main sur le pansement qui lui enserre le front.

— Ça va ? T'as pas trop mal ? s'inquiète-t-elle sans parvenir à dissimuler son envie de soulever le bandage pour voir ce qui se cache en dessous.

Le blessé reconnaît bien là sa fille, qui a toujours manifesté de l'appétence pour les séries télévisées médicales, type *Grey's Anatomy*. En outre, avec son caractère bien trempé, il la verrait parfaitement reprendre le rôle du cynique docteur House de la série éponyme. Il la rassure d'un petit hochement de tête amusé, lorsqu'il aperçoit une présence tapie dans le coin, près de l'entrée. Balayant tout sur son passage, la tornade Clara a, encore une fois et ce malgré elle, éclipsé son cadet. La main tendue dans sa direction, Perrot le hèle doucement :

— Eh, bonhomme ! Tu as le droit d'approcher, tu sais ! Je ne suis pas en sucre.

Avec un sourire impressionné, le petit avance vers le lit et après une seconde d'hésitation, décide à son tour de se jucher sur le drap vert clair.

— Mais viens donc plus près, lui enjoint Perrot en l'attirant vers lui, malgré la douleur qui irradie de son épaule blessée.

Simon vient immédiatement se lover au creux de son père et laisse échapper un soupir qui n'est peut-être qu'un sanglot rentré. Perrot presse le petit contre lui tandis qu'une question lui traverse soudain l'esprit. Mais la réponse vient simultanément puisqu'il voit Sofia, vêtue d'un manteau brun à col de fourrure, se glisser à son tour dans la chambre. Ainsi donc, c'est elle qui les a emmenés, se dit-il en souriant avec tendresse à la mère de ses enfants dont il n'a jamais eu à dire que du bien. La réciproque n'est sans doute pas vraie, songe-t-il en recevant son baiser au parfum familier sur sa joue rêche. Lui a été un mari trop absent, trop dévoué à son travail, même pour une femme aussi indépendante et sociable que Sofia. Il s'est promis de ne pas refaire la même erreur avec la nouvelle femme de sa vie. Précisément, réfléchit-il en observant la nichée d'autrefois reconstituée autour de lui, puis en regardant la porte de la chambre. Où se trouve donc Jeanne ?

Comme si elle lisait dans ses pensées, Sofia est repartie vers la porte qu'elle ouvre en grand :

— Elle est là, indique-t-elle en faisant un signe à une personne invisible. Elle préférait que tu voies les petits en premier…

Reconnaissant là le tact et la délicatesse de sa compagne, Perrot se redresse pour accueillir celle qu'il aime désormais. Discrètement, Sofia s'est mise à l'écart dans le couloir, mais n'a pas rappelé les enfants. Il y a de la place pour les trois sur le drap froissé…

— On a eu sacrément peur tous les deux, murmure Jeanne en se penchant pour effleurer sa bouche de ses lèvres couvertes d'un gloss qui laisse derrière lui une trace agréablement fruitée.

— Tous les deux ? interroge le commissaire en observant le doux trio réuni sur sa couche.

Elle laisse un sourire énigmatique flotter sur ses lèvres tandis qu'une roseur vient illuminer ses joues. Le blessé n'est pas sûr de saisir… La fatigue, certainement, la tension un peu trop faible, le choc nerveux… Il n'a pas dû bien comprendre. Mais il y en a une qui a saisi le message sibyllin sans qu'on ait besoin de lui faire un dessin :

— T'as pas fini de faire ton ouin-ouin, lance-t-elle à l'adresse de son frère en lui pinçant gentiment le flanc, quand tu devras te lever la nuit pour voir pourquoi il braille !

Le petit la regarde avec un air où la peine le dispute au dédain :

— C'est de papa que tu parles comme ça ? C'est pas très gentil, Clara !

— Mais non, crétin, du marmot qui va arriver !

Interdit, Perrot dévisage Jeanne dont le visage se fend d'un large sourire en entendant l'échange entre sœur et frère.

— La fille est plus intuitive que le père, sourit-elle tandis que Perrot sent ses yeux s'embuer de joie.

Inscrivez-vous gratuitement,
et sans aucun engagement de votre part,
à notre bulletin d'information
en nous retournant le coupon ci-contre.

Vous serez averti(e) des parutions en exclusivité,
pourrez bénéficier d'offres spéciales,
de cadeaux, etc.

Chaque nouvel inscrit recevra
une petite surprise…

Rejoignez-nous vite !

Et n'hésitez pas à proposer l'inscription
à vos parents et amis…

Je désire m'abonner gratuitement au bulletin
d'information des Éditions du Palémon :
je serai averti(e) des parutions des enquêtes
d'Anne-Solen Kerbrat et autres ouvrages,
ainsi que de l'actualité et des offres Palémon.

Nom ....

Prénom ....

Adresse ....

....

Code Postal .... Ville ....

Pour encore plus d'offres et d'infos,
indiquez votre adresse e-mail :

E-mail ....@.......................

Bon à compléter ou à recopier
et à retourner par courrier à l'adresse suivante :

ÉDITIONS DU PALÉMON
ZI de Kernevez
11B rue Röntgen
29000 QUIMPER

Vos données sont collectées par les éditions du Palémon afin de vous inscrire à notre lettre d'information. Le recueil des données est facultatif et limité à ce qui est strictement nécessaire pour vous faire parvenir notre catalogue et/ou notre newsletter. Vous pouvez à tout moment accéder à vos données, les rectifier, demander leur suppression ou la limitation de leur traitement. En cas de question, vous pouvez nous contacter au 02 98 94 62 44 ou sur **contact@palemon.fr**.

❐ Je consens à l'utilisation de mes données

❐ Je souhaite m'inscrire à la newsletter

ASK14

Retrouvez les ouvrages d'Anne-Solen Kerbrat
et tous les titres des Éditions du Palémon sur :

www.palemon.fr

ÉDITIONS DU PALÉMON
ZI de Kernevez - 11B rue Röntgen
29000 QUIMPER
02 98 94 62 44
Dépôt légal 1er trimestre 2021

ISBN : 978-2-372606-03-5

Achevé d'imprimer en janvier 2021
sur les presses de la **N**ouvelle **I**mprimerie **L**aballery
58500 Clamecy
Numéro d'impression : 012526 - 1er tirage

Imprimé en France

La Nouvelle Imprimerie Laballery est titulaire de la marque IMPRIM'VERT®